Manfred Hilberger

Flügelschlag
der Engel
Band 2

Ergreifende Kurzgeschichten
und Denkanstöße

Dieses Buch ist meinen Freunden und anderen ‚Engeln' gewidmet, die mir selbstlos Gutes tun – auch, wenn ich sie oft nicht erkenne...

1. Auflage, November 2012.

Herstellung und Verlag: Books on Demand GmbH, Norderstedt.

Nachdruck, auch auszugsweise, nur mit ausdrücklicher Genehmigung der Verfügungsberechtigten erlaubt.

Umschlaggestaltung: Manfred Hilberger
Foto Himmel: © Manfred Hilberger – Prunk-Media.de
Foto Engel: © Claudia Paulussen – Fotolia.com

Lektorat, Fotos, Satz & Layout: Prunk-Media.de

Kontakt: **www.hilberger.de**

Bibliografische Information der Deutschen Nationalbibliothek
Die Deutsche Nationalbibliothek verzeichnet diese Publikation in der Deutschen Nationalbiblio-grafie; detaillierte bibliografische Daten sind im Internet über http://dnb.d-nb.de abrufbar.

© 2012 Manfred Hilberger
ISBN 978-3-8482-2593-4

Vorwort

In der heutigen digitalen Zeit, die hektischer und schnelllebiger kaum sein könnte, stehen viele Menschen so sehr unter Stress, dass es ihnen kaum noch gelingt, ihr Leben wirklich zu geniessen und das Schöne darin zu erkennen.

Psychische Erkrankungen nehmen ebenso zu, wie Scheidungsraten, Aggressivität und zwischenmenschliche Anfeindungen. Technischer Fortschritt, politische Entwicklungen und beruflicher Leistungsdruck verändern die Menschheit so sehr, dass Wörter kreiert wurden, die es vor einigen Jahren noch gar nicht gab: Burn-Out und Mobbing begleiten mittlerweile unseren Alltag. Und so neigen wir dazu, nur noch das Negative wahrzunehmen und wälzen die Schuld für unsere Probleme zudem gerne auf andere ab.

Die Geschichten in diesem Buch sollen ein klein wenig dazu beitragen, wieder zu lernen, auch Gutes im vermeintlich Schlechten zu sehen. Sie sollen zeigen, dass wir oft selbst an unseren Problemen nicht ganz unschuldig sind und vieles eigenständig ändern und verbessern können. Die Engel, die dabei eine Rolle spielen, stehen für all unsere Freunde und wohlgesonnenen Mitmenschen, die uns oft engelsgleich unterstützen und die wir leider viel zu oft übersehen.

Ich würde mir wünschen, die Leser(innen) zum Nachdenken über das Leben, die Liebe, Freundschaften und Zwischenmenschlichkeit zu animieren, vielleicht auch zu einigen Veränderungen. Wenn ich zudem ein gelegentliches Lächeln oder auch mal eine kleine Träne herbeiführen kann, dann hat sich das Schreiben für mich gelohnt.

Ich wünsche viel Freude beim Lesen – auf und zwischen den Zeilen.

Manfred Hilberger

Inhalt

Weihnachtszeit mit Liebeskummer

Sabine schaute traurig ihre beste Freundin an, während sie vergeblich versuchte, ihre Tränen zu unterdrücken.

„Ich hatte so gehofft, dass ich Weihnachten nicht wieder würde alleine sein müssen."

„Ach Bine, ich hab dir schon tausend Mal gesagt, dass du Frank abhaken musst", versuchte Angela sie davon zu überzeugen, dass sie wohl vergeblich monatelang auf eine Beziehung mit ihrem Traummann gehofft hatte.

Eigentlich hatte zwischen Sabine und Frank alles ganz vielversprechend begonnen. Sie hatten sich auf einer Party kennen gelernt und stundenlang tiefsinnig unterhalten. Schnell hatten sie viele Gemeinsamkeiten festgestellt, lachten viel miteinander und verstanden sich prima. Und so telefonierten sie in den folgenden Wochen alle paar Tage, schickten sich liebevolle Kurznachrichten auf ihre Handys und flirteten im Internet-Chat. Schon als sie sich erst kurze Zeit kannten, hatte Sabine ein Gefühl, als würde sie ihren Herzensmann schon Jahrzehnte kennen. Als wäre es eine Seelenverwandtschaft. Er war so ganz anders, als die anderen Männer. Er war verständnisvoll, lieb, warmherzig, hilfsbereit und aufmerksam. Sie hatte das Gefühl, er wurde ihr von den Engeln geschickt.

Allerdings hatte sie auch von Beginn an Angst davor, dass Frank sie wegen ihrer molligen Figur womöglich nicht als Liebespartnerin wollen würde. Schließlich wusste sie nur zu gut, dass die meisten Männer bei Frauen einen großen Wert auf ein äußeres Erscheinungsbild legten, das dem einer Hollywood-Schönheit nahe zu kommen hatte. Und da Frank auch nach mehreren Wochen noch immer keine eindeutigen Avancen in Richtung Liebesbeziehung machte, wuchs ihre diesbezügliche Befürchtung von Tag zu Tag immer mehr. Sie hatte Angst, ihn zu verlieren, noch bevor sie ihn wirklich gewonnen hatte.

Andererseits spürte sie jedoch auch, dass er sie liebte. Sie war sich absolut sicher, dass sie sich in dieser Hinsicht nicht täuschen konnte. Warum aber machte er dann nie irgendeine klare Andeutung, eine Partnerschaft mit ihr führen zu wollen?

Mit der Zeit kam zu ihrer Verliebtheit auch eine gewisse Form von Wut hinzu. Sie konnte doch wohl erwarten, dass der Mann, der sich augenscheinlich so verhielt, dass für sie kein Zweifel über seine Gefühle aufkommen konnte, mal einen deutlicheren Schritt auf sie zu machen würde. Stattdessen war immer wieder sie es, die sich bei ihm zu melden hatte. Wenn sie sich mal ein paar Tage nicht bei ihm meldete, tat auch er es nicht. Und so wuchs ihre Angst, dass er nur ein mieses Spiel mit ihr spielte und seine Gefühle, oder zumindest das, was Sabine für eindeutige Gefühle hielt, nur heuchelte.

"Du musst Tacheles mit ihm reden", empfahl ihre Freundin Angela immer wieder. „Sag ihm, dass du endlich wissen willst, woran du bist."

"Das kann ich nicht", versuchte Sabine dann stets zu entschuldigen. „Er ist der Mann, er muss den ersten Schritt machen. Und nach allem, was bisher zwischen uns war, kann ich das ja wohl auch erwarten."

Da Franks erster Schritt aber weiterhin ausblieb, wurde Sabine immer zorniger auf ihn, obgleich sie gleichzeitig behauptete, ihn zu lieben. Dass ihre Wunschvorstellung einer gemeinsamen Beziehung, gepaart mit der Erwartung, dass auch er diesen Wunsch hegen müsse, rein gar nichts mit wirklicher Liebe zu tun hatte, war der emotional betonten Dame dabei nicht bewusst. Stattdessen wurden die SMS`, die sie ihm weiterhin täglich schickte, immer giftiger. Immer häufiger musste Frank ihre Anspielungen als Vorwürfe verstehen. Und er schien dabei nicht gewillt zu sein, ihre Erwartungen zu erfüllen. Und so zog er sich im Laufe der Zeit immer mehr zurück und reagierte immer seltener. Bis auch Sabine sich irgendwann nicht mehr meldete und eisige Funkstille zwischen den beiden herrschte.

Draußen war der verregnete Sommer inzwischen übergangs los zu einem eiskalten Winter geworden. Das Thermometer zeigte unbehagliche zwei Grad an und an den Straßenlaternen verkündeten altmodische Glühbirnen, die europaweit längst nicht mehr im Handel erhältlich waren, die Vorweihnachtszeit.

„Ich hatte so gehofft, dass ich Weihnachten nicht wieder würde alleine sein müssen", wiederholte Sabine mit Tränen in den Augen. „Aber du hast schon Recht: eigentlich ist er ein Schwein. Er hat die ganze Zeit nur mit meinen Gefühlen gespielt. Immer wieder hat er mir Hoffnungen gemacht. Immer wieder hat er mir tief in die Augen geblickt und verliebt gelächelt, dabei war ich ihm in Wirklichkeit von Anfang an zu fett. Ich hätte ja wohl erwarten können, dass er dann wenigstens so ehrlich ist und mir das sagt."

Dann brach die enttäuschte Frau in ein lautes Weinen aus. Angela setzte sich direkt neben sie, nahm sie in den Arm und flüsterte abermals: „vergiss den Typen. Der ist es nicht wert. Er hat keine deiner Erwartungen erfüllt. Also, was willst du dann mit so einem?"
Sabines Enttäuschung war nun so groß, dass sie sich kaum mehr beruhigen konnte. Sie wurde immer hysterischer und weinte fast den ganzen restlichen Abend. Ihre Freundin hätte ihr gerne geholfen, ihr gerne einen Teil des Schmerzes abgenommen, aber sie wusste nicht, wie. Tröstende Worte schienen nicht zu helfen. Es war wie ein totaler Nervenzusammenbruch, der da aus Sabine herausbrach, wodurch auch ihre beste Freundin Angela nun immer wütender auf Frank wurde.

Als die beiden Freundinnen am nächsten Vormittag gemeinsam frühstückten, waren Sabines Augen immer noch verweint und geschwollen.
„Bine, du musst Weihnachten nicht alleine verbringen", sagte

Angela leise. „Ich sag meiner Familie Bescheid, dass ich erst am ersten oder zweiten Feiertag zu ihnen komme und dann verbringen wir Heiligabend gemeinsam. Einverstanden?"

"Ach, du bist echt ein Engel", antwortete Sabine, „aber fahr du ruhig zu deiner Familie, die freuen sich ja auch auf dich."

"Nein, nein, das regle ich schon", bestätigte ihre Freundin ihre neue Weihnachtsplanung.

Angelas Wohnzimmer erstrahlte in festlichem Glanz, als ihre beste Freundin dann am späten Nachmittag des Heiligen Abends bei ihr eintraf. Sabine war zu Tränen gerührt. Der geschmückte Nadelbaum, die unzähligen kleinen Lichter, die Kerzen und auch kleine liebevoll eingepackte Pakete erinnerten sie an den Weihnachtszauber ihrer Kindheit. Die kleinen Tränen, die sie sich aus den Augenwinkeln wischte, waren aus Freude, Rührung, aber auch Traurigkeit entstanden. Denn ursprünglich hatte sie ja erwartet, einen solchen Abend mit dem Mann verbringen zu können, den sie noch immer in ihrem Herzen trug.

"Bescherung gibt's nach dem Essen. Aber das hier musst du jetzt schon aufmachen", sagte Angela lächelnd und streckte ihr ein etwa sieben Quadratzentimeter kleines Päckchen entgegen. Mit fragendem Blick wickelte Sabine die kleine Schleife auf. Ob der geringen Größe und der Form des kleinen Geschenkkartons erwartete sie darin ein Schmuckstück. Es kam jedoch ein kleiner Terrakotta-Engel zum Vorschein, auf dessem Sockel zu lesen war: ‚Erwarte nichts und du bekommst alles'.

"Der ist aber süß", strahlte Sabine entzückt.
"Hast du schon gelesen, was er dir zu sagen hat?", wollte ihre beste Freundin wissen.

"Ja, das ist schön", sagte Sabine, die aber nicht wusste, was Angela ihr mit diesem Spruch sagen wollte. Danach zu fragen, traute sie sich jedoch nicht.

Die beiden machten es sich dann in dem festlichen Zimmer gemütlich. Aus der winzigen Stereoanlage schallten schon tausendfach gehörte Weihnachtslieder und das eher bescheidene Weihnachtsmahl bereiteten sie gemeinsam in Angelas Küche zu. Als sie mit Essen fertig waren, blickte Angela zur Uhr.

"Ah, sehr gutes Timing", sagte sie. „Gleich kommt der Weihnachtsmann."

Sabine, die dies für einen Scherz hielt, lachte. Tatsächlich kleingelte es aber nur wenige Sekunden später an der Wohnungstüre. Angela sprang auf, um einen Moment danach in den Raum zurückzukommen – gefolgt von einem großen Mann in einem billigen roten Nikolauskostüm. Sabine schaute ihre Freundin mit einem verdutzten Lächeln fragend an.

"Ho, ho, ho", sagte der Mann mit tiefer Stimme, wobei nicht zu überhören war, dass er sich sehr anstrengte, in möglichst tiefer Stimmlage zu sprechen. „Wart ihr auch immer brav?"

"Jaaaaa", antworteten die beiden Damen lachend.

"Naja, bei dir, liebe Sabine, bin ich mir da nicht so ganz sicher", sagte der Weihnachtsmann mit erhobenem Zeigefinger und strengem Blick.

Sabine erstarrte. Nicht etwa, weil der Weihnachtsmann seine nicht einmal vorhandene Rute hätte herausholen können, sondern weil sie plötzlich zu wissen glaubte, Frank hinter dem weißen Wattebart zu erkennen. Erschrocken blickten ihre grossen braunen Kulleraugen zu Angela, die jedoch bloß lächelte.

"Mir kam zu Ohren", setzte der eher lächerlich wirkende Weihnachtsmann seine Ansprache fort, „dass du in diesem Jahr eigentlich erwartet hast, das Weihnachtsfest mit einem Mann zu verbringen. So einfach konnte das aber nicht gehen. Du hast einfach zu viel erwartet."

Nun war Sabine entsetzt. Auch Franks Stimme hatte sie mittlerweile erkannt und sie hatte keinen Zweifel mehr, dass er es war, der sich unter dem Kostüm verbarg. Sie wusste nicht, ob sie sich darüber freuen sollte, denn eigentlich kam sie sich veralbert vor. Durch das, was Frank gerade gesagt hatte, erinnerte sie sich an den Spruch, der bei dem Terrakotta-Engel stand, den Angela ihr geschenkt hatte. Kurzzeitig hatte sie das Gefühl, das ihre Freundin in diesem Moment ein sehr böses Spiel mit ihr spielte. Sie dachte sogar kurz darüber nach, einfach davonzulaufen.

In diesem Moment aber fuhr der Pseudo-Weihnachtsmann seine Rede fort: „Wie mir zu Ohren kam, hast du dich in einen Mann verliebt und von ihm erwartet, er würde eine Beziehung mit dir führen wollen. Und tatsächlich wollte dieser Mann das auch. Aber so, wie du Angst hattest, dass du für diesen Mann womöglich nicht attraktiv genug seiest, so hatte der Mann Angst, du würdest zu viel von ihm erwarten. Und so hattet ihr beide Angst vor dem, was ihr doch eigentlich beide wolltet."

Mit einem lauten "Frank?" versuchte die mollige Dame den Weihnachtsmann nun abrupt zu enttarnen. Ihr Anflug von Panik war plötzlich dadurch verflogen, dass Frank ihr durch seinen Wattebart indirekt offenbarte, eine Beziehung mit ihr führen zu wollen.

Frank zog sich sehr flink die Kapuze und anschließend den unechten Bart vom Kopf. Dann gingen die beiden in schnellen Schritten aufeinander zu und umarmten sich so fest sie nur konnten. Angela stand daneben und wurde sogar Zeugin des ersten Kusses dieses neuen Liebespaares.

"Angela, du bist ein Engel", sagte Sabine wenig später. „Das ist das schönste Weihnachtsgeschenk, das ich je erhalten habe. Hast du etwa die ganze Zeit über schon gewusst, dass Frank heute kommen würde?"

"Nein", sagte Angela und erklärte ihrer Freundin dann, wie es zu diesem Weihnachtsgeschenk kommen konnte. Nach Sabines Nervenzusammenbruch war auch Angela so wütend darauf geworden, dass Frank ihre beste Freundin so leiden ließ, dass sie spontan beschloss, ihn aufzusuchen und ihn zur Rede zu stellen. Bei diesem Gespräch erfuhr Angela dann, dass Frank ebenfalls verliebt war. Jedoch fühlte er sich nach einiger Zeit von Sabine bedrängt. Er berichtete, dass sie ihm immer wieder indirekt schrieb, welche Erwartungen sie an ihn hatte. Sie erwartete, dass er sich häufiger bei ihr melde, sie erwartete eine Gute-Nacht-SMS, sie erwartete, dass er offen über seine Gefühle sprechen solle und noch einiges mehr. Und so hatte Frank Angst bekommen, dass seine Herzensdame zu viel von ihm erwarten würde. So viel, dass er ihre Erwartungen niemals würde erfüllen können.

Angela, die durch Franks Ausführungen Verständnis für seine Ängste bekommen hatte, kam dann auf die Idee, die beiden an Weihnachten zusammenzuführen. Und sie wollte dies nicht tun, ohne ihrer Freundin eine unvergessliche Lehre mit auf den Weg zu geben.

"Dass Frank heute kam, mag dein schönstes Weihnachtsgeschenk sein", sagte sie zu ihrer Freundin, „aber vergiss nie, dass es Geschenke gibt, die wir nur im Herzen geschenkt bekommen, nicht aber in materieller Hinsicht. Betrachte einen Menschen niemals als für dich bestimmt. Jeder Mensch ist frei in seinen Entscheidungen. Was du dir wünschst, muss nie auch der Wunsch des Anderen sein. Wenn du das immer bedenkst, wird es dir hoffentlich gelingen, keine zu großen Erwartungen an ihn zu haben."

Sabine blickte nachdenklich auf den kleinen Terrakotta-Engel und las leise: „Erwarte nichts und du bekommst alles."

"Genau", bestätigte Angela. „Wenn du nichts erwartest, sondern die Dinge so akzeptierst wie sie sind, kannst du nicht enttäuscht werden. Nicht Frank hatte dich enttäuscht, sondern es waren einzig und alleine deine eigenen Erwartungen, die dich enttäuscht haben."

"Eines hätte ich wirklich nicht erwartet", sagte Sabine später zu Frank, „dass du mich wirklich so magst, wie ich bin."

"Ja das tue ich – weil du es nicht erwartet hast", flüsterte Frank und schloss seine Augen, um sie zu küssen.

Die Frau ohne Namen

„Och bitte", flehte Timo mit wehleidigem Blick.

„Ich sage es Dir jetzt zum letzten Mal", mahnte seine Mutter scharfzüngig. „Du brauchst keine Fahrradhandschuhe und damit basta."

So verschwand der Grundschüler deprimiert in seinem Zimmer, während in der Küche weitere Kochtöpfe scheppernd im Schrank verstaut wurden.

Am nächsten Nachmittag war Timo wieder in dem Zweiradladen anzutreffen, den er so oft aufsuchte. Der etwa einhundert Quadratmeter große Verkaufsraum mit der angrenzenden Reparaturwerkstatt befand sich nur wenige Hundert Meter von seinem Elternhaus entfernt an einer recht belebten zweispurigen Straße. Seit frühester Kindheit war der blonde Junge ein willkommener Gast in diesem Geschäft und er war stolz, dass er so oft beim Reparieren von Fahrrädern oder Motorrollern helfen durfte. Sicherlich war er für die Inhaberin des Ladens und ihren Lebensgefährten nicht wirklich eine Hilfe. Auch, wenn er gelegentlich einen Schraubenschlüssel anreichen durfte, stand er die meiste Zeit doch wohl eher im Weg herum. Aber die kinderliebe Frau vom Fahrradladen, die offensichtlich keinen Namen zu haben schien, freute sich, wenn der etwa achtjährige Junge angeradelt kam, um ihr einen seiner regelmäßigen Besuche abzustatten.

Und wieder stellte Timo sich an diesem Tag die Frage: „soll ich oder soll ich nicht?"

Er stand vor einem Metallregal voller Fahrradzubehör und blickte auf die in Folie eingepackten beigefarbenen Fahrradhandschuhe. Sie passten ihm wie angegossen, das hatte er schon probiert. Aber sie kosteten zwanzig Mark. Ein Vermögen für einen Bub in diesem Alter. Und so sehr er seine Mutter auch anbettelte, es war nichts zu machen. Er durfte die Fahrradhandschuhe nicht bekommen. Obwohl doch sein ganzes Glück daran zu hängen schien.

„Soll ich nun oder soll ich nicht?"
Immer und immer wieder stellte er sich diese Frage. Eigentlich war es nicht er, der diese Frage stellte, sondern sein Gewissen, das sich unaufhörlich meldete – vor allem dann, wenn die Antwort wieder lautete: „nein, lieber nicht."

Die Diebeskarriere des jungen Zweiradfanatikers war zu diesem Zeitpunkt noch nicht sonderlich fortgeschritten. Er konnte aber immerhin bereits auf zwei bis drei gelungene Raubzüge zurückblicken, die ihm eine Beute von ein oder zwei Schokoriegeln und eine kleine Spielfigur in Form des „Willi" aus der berühmten ‚Biene Maja'-Serie eingebracht hatte. Bei letzterer flog sein Diebstahl jedoch auf, was dazu führte, dass er die Figur seiner Cousine zurückgeben und sich, was noch viel schlimmer war, bei seiner Tante entschuldigen musste. Nun stand er jedoch vor seinem größten Coup: ein paar echte gepolsterte Fahrradhandschuhe mit einem Wert von mehreren Taschengeldern.

Und so geschah es. Er überhörte sein Gewissen und wartete wie ein Profi die passende Gelegenheit ab. Als die Frau ohne Namen den Verkaufsraum in Richtung Werkstatt verlassen hatte, holte er die beiden Objekte seiner Begierte aus der durchsichtigen Cellophanfolie, zog die Handschuhe an und legte die knisternde Umverpackung zurück ins Regal. Damit kein Verdacht aufkam, rief er wie gewöhnlich ein lautes „Tschühüüüs" in Richtung Werkstatt, was auf gleiche Weise von einer Frauenstimme erwidert wurde. Der Nachwuchsdieb verließ den Laden, setzte sich auf sein Rad und drehte voller Stolz einige Runden um den Block.

"Wo hast du die Handschuhe her?" fragte seine Mutter mit entsetztem Blick, nachdem er wieder zu Hause angekommen war. An Schlagfertigkeit schien es ihm nicht zu mangeln, als er spontan antwortete: „die hat mir die Frau aus dem Fahrradladen geschenkt, weil ich immer so schön mithelfe."

Offensichtlich war diese Lüge glaubwürdig. Jedenfalls wurden keine weiteren Fragen gestellt, was den Pulsschlag des Jungen schnell wieder auf ein normales Level herunterfahren ließ.

Der Wert des Pulsschlages sollte jedoch nur bis zum Abend im medizinisch normalen Bereich bleiben. Genauer gesagt, bis sich abends im Bett das Gewissen plötzlich zurückmeldete: „das war richtig Scheiße und das weißt du", schien es immer wieder zu sagen. Ob er sich nach rechts drehte, ob er sich nach links drehte oder ob er auf dem Rücken lag – das Einschlafen wollte nicht so leicht gelingen. Aber die Tat war nun geschehen. Ein Zurück gab es nicht mehr.

Timos kriminelle Karriere schien mit diesem Diebstahl einen vielversprechenden Anfang genommen zu haben. Denn am nächsten Tag war er bereits clever und abgebrüht genug, um zu wissen, dass er sich möglichst unauffällig verhalten musste – also so, wie immer. Und so fuhr er am nächsten Tag wieder zum Ort des Verbrechens, damit die Frau ohne Namen keinen Verdacht schöpfen würde. Nun, grundsätzlich mag diese Idee aus kriminalistischer Sicht nicht dumm gewesen sein. Dumm war nur, beim Betreten des Fahrradladens die frisch gestohlenen Fahrradhandschuhe zu tragen.

"Sag mal, wo hast Du denn die Handschuhe her?", wollte die Ladenbesitzerin umgehend von ihm wissen.

"Öhm, äh, die habe ich bei Karstadt gekauft", stammelte Timo, der auf diese Frage nicht vorbereitet war.

"Ahaa?", sagte die Dame fragend mit ungläubigem Blick. „Komisch ist nur, dass gestern genau ein solches Paar bei uns gestohlen wurde."

"Das war ich aber nicht", betonte der kleine Mann selbstsicher.

Dann ging er zurück zu seinem Rad und brauste davon. Wohl

wissend, dass er diesen Laden besser nie wieder aufsuchen sollte.

Und am Abend war es wieder da: das schlechte Gewissen. Und auch am darauffolgenden Abend und an dem danach und dem Abend nach dem auf den darauffolgenden Abend folgenden Abend. Und an den Abenden danach auch. Allerdings wurde dieses quälende Gewissen an jedem Abend etwas leiser, bis Timo endlich wieder einschlafen konnte, ohne sich fürchterliche Gedanken zu machen.

Und so vergingen die nächsten drei Wochen ohne weitere Besuche beim Zweiradladen. So blieb auch viel mehr Zeit, mit dem Fahrrad um den Block zu rasen. Und das auch noch mit wunderschönen Handschuhen, die aber irgendwie schon am zweiten Tag ihren Glanz und ihre Wichtigkeit verloren hatten.

"Kommst du mit zum Wochenmarkt?", fragte ihn seine Mutter an einem Mittwochnachmittag.
„Ja" antwortete der Sprössling fröhlich und hüpfte neben seiner mit Einkaufskorb bewaffneten Mama gen Markt. Aber nach nur wenigen Metern blieb er stehen. Es fuhr ihm ein eiskalter Hauch durch alle Knochen. „Oh, Mist", dachte er, als ihm bewusst wurde, dass der Weg zum Wochenmarkt an dem für immer zu meidenden Laden vorbei führte. Ohne sich etwas anmerken zu lassen setzte er seinen Weg fort und hoffte, dass alles gut gehen würde.

Aber dann: nachdem er gerade mit seiner Mutter um die Hausecke gebogen war, konnte er aus etwa dreißig Metern Entfernung bereits die Frau ohne Namen sehen. Sie stand vor der Hofeinfahrt, die zu ihrem Laden führte. Er würde mit seiner Mutter nun direkt an ihr vorbei gehen müssen und sie würde ihn nicht übersehen können.
"Bitte, bitte, lieber Gott! Mach, dass sie sich jetzt wegdreht und uns nicht sieht", schickte er ein stummes Stoßgebet gen

Himmel. Aber der liebe Gott schien ihm nicht helfen zu wollen.

Sein Herz pochte so schnell und so laut, dass es die ganze Straße hätte hören müssen. Und dann passierte auch noch das schlimmste, was überhaupt in dieser Situation passieren konnte. Seine Mutter ging direkt auf die Ladenbesitzerin zu und blieb mit einem freudigen „Guten Tag" vor ihr stehen, um dann auch noch zu sagen: „vielen Dank, dass Sie meinem Sohn die Handschuhe geschenkt haben."

Das war die Situation, deren unglaubliche Spannung in einem mittelklassigen Privat-Fernsehsender durch ein dumpfes verlangsamtes Geräusch und ein farbloses Standbild dargestellt worden wäre, um das ganze Ausmaß der Dramatik zu verdeutlichen. Von einer Sekunde auf die andere konnte Timo seinen überdrehten Pulsschlag nicht mehr wahrnehmen. Es war, als hätte nicht nur er, sondern die ganze Welt den Atem angehalten. Es war, als würden zwischen dem Satz der Mutter und einer Reaktion der Ladeninhaberin mehrere Stunden liegen. Stunden, in denen der Atem des kleinen Diebs aussetzte und in denen man eine Stecknadel hätte fallen hören können. Alles, was er jetzt noch wahrnehmen konnte, war sein Gewissen, dass mehrere kleine Nadeln in sein Herz und sein Gehirn zu bohren schien und eine unbeschreibliche Angst. Die Angst vor dem nicht auszumalenden Ärger, den er gleich bekommen würde, wenn die Frau ohne Namen seiner Mutter sagen würde, dass er die Handschuhe gestohlen hatte.

Mit diesem Gefühl verstrich Stunde um Stunde. Zumindest fühlte es sich für ihn so an. Tatsächlich vergingen von der Danksagung seiner Mama bis zur Reaktion der anderen Dame vielleicht gerade einmal drei bis fünf Sekunden.

„Vielen Dank, dass Sie meinem Sohn die Handschuhe geschenkt haben", hallte immer wieder durch Timos Kopf. Die Frau ohne Namen schaute seine Mutter ein wenig verblüfft an,

16

blickte dann in das vor Angst erstarrte Gesicht des Jungen und zurück zur Mutter.

"Bitteschön. Gern geschehen", sagte sie dann.

Ob danach noch weitere Sätze zwischen den beiden Frauen gewechselt wurden, konnte der Schüler nicht mehr wahrnehmen. Zum ersten Mal in seinem Leben verspürte er ein Gefühl, das die Erwachsenen wohl als Rührung bezeichnen. Gepaart mit einer unsagbaren Dankbarkeit.

"Ich war so böse und trotzdem war diese Frau so gut zu mir", sagte er sich, als er am Abend wieder schlaflos in seinem Bett lag. Doch obwohl die Frau ohne Namen ihm verziehen zu haben schien, traute er sich nie wieder zu ihrem Geschäft. Sein Gewissen war nun rein. Aber er schämte sich unsagbar.

Dies alles liegt nun sehr, sehr lange zurück. Und doch stellte Timo sich später manchmal die Frage, was geschehen wäre, wenn die Zweiradverkäuferin ihn nicht vor seiner Mutter in Schutz genommen hätte. Wäre eine Ohrfeige fällig gewesen? Hätte er längere Zeit auf Taschengeld verzichten müssen? Hätte tagelang eine entsetzliche Stimmung zu Hause geherrscht? Und vor allem: wäre er bei seinem nächsten Diebstahl viel vorsichtiger und professioneller vorgegangen und hätte eine kriminelle Karriere zwischen Haftanstalt und Raubüberfällen bestritten?

Die Frau, die nicht einmal einen Namen hatte, hat auf Geld und ihr eigenes Recht verzichtet, damit ein kleiner Junge keinen Ärger bekam. Und zudem hat sie damit eine kriminelle Karriere verhindert, noch bevor sie so richtig begann. Denn Timo hatte seit diesem Tag nie wieder gestohlen.

Er war auf der Suche nach dem Kick und einem Glücksgefühl, das ihm ein Konsumartikel geben sollte, den er nicht einmal wirklich brauchte. Was er fand, war sein Gewissen. Ein inneres Bauchgefühl, das längst wusste, dass Nehmen nicht glücklich macht. Und er lernte, dass Geben tatsächlich seliger ist und dass Verzicht auch immer ein Gewinn sein kann.

Gerne hätte er sich später bei der Dame bedankt, doch ihr Laden war irgendwann für immer geschlossen und ihren Namen konnte er nie in Erfahrung bringen, obwohl er bei genauer Überlegung ja fast darauf hätte kommen können, dass sie mit Nachnamen Engel hieß. Aber es war nicht so wichtig, wie sie hieß. Es war wichtig, wie sie war.

Lukas und der Hase

Im Hintergrund war das leise Klackern einer Computertastatur zu hören. Ingrid griff nach ihrer überdimensionierten Handtasche und rief in die Richtung der Tippgeräusche: „ich denke, ich bin dann so in drei Stunden wieder da."

"Was? Erst in drei Stunden?", rief ihr Mann zurück. Dann kam er aus seinem Büro und sagte: „ich wollte eigentlich heute noch bei Karl vorbeischauen. Ich schreibe gerade die Rechnung für ihn."

"Dann nimm Lukas doch mit", bat seine Frau.
"Naja, okay", willigte Thomas ein. Ihm war jedoch deutlich anzusehen, dass er seinen fünfjährigen Sohn an diesem Nachmittag eher ungern bei sich haben wollte.

Mit den Worten "komm, wir fahren jetzt mal zu einem Freund von mir", bat Thomas seinen Sprössling etwa dreißig Minuten später, das Spielen mit seinen Autos zu beenden.
„Nein, keine Lust", entgegnete Lukas.

„Doch", bestimmte der Vater, dass sein Sohn nun Lust habe. Der Kleine schien aber eine Diskussion herbeiführen zu wollen. Mit einem Trick konnte Thomas dies jedoch rasch unterbinden: "Mein Freund hat viele kleine Hasen, die kannst du dir anschauen. Bestimmt darfst du auch einen streicheln."

Dieses Argument wirkte Wunder. Lukas bekam große Augen und strahlte über beide Wangen. Sein Vater, der sich mit seinem Hinweis lediglich einen reibungslosen Aufbruch zu seinem Kumpel erkaufen wollte, hatte in diesem Moment nicht die leiseste Ahnung, was er angerichtet hatte. Denn das Quengeln seines Filius sollte nur kurze Zeit später weitaus intensiver werden.

"Och bitte, Papa! Bitte, bitte, bitte!" klang es immer wieder aus seinem Mund.

Thomas hatte nicht gewusst, dass es in der Karnickelzucht seines Freundes erst kurz zuvor Nachwuchs gegeben hatte.

"Wenn dein Papa nichts dagegen hat, kannst du dir gerne einen oder auch mehrere der kleinen Hasen aussuchen", hatte Karl dem Fünfjährigen grinsend offenbart.

Dass Thomas seinen Freund mit einem leisen "Hör auf damit!" davon abzubringen versuchte, schien diesen nicht zu interessieren. Mehrfach offerierte Karl seine kleinen Nager, da er gerne einige von ihnen loswerden wollte.

Lukas bettelte immer wieder darum, doch wenigstens den kleinen schwarzen Hasen mitnehmen zu dürfen, den er gerade streichelte. „Der ist soooo süß, Papa. Guck doch mal."

"Das müssen wir erst die Mama fragen", versuchte Thomas einzulenken – in der Hoffnung, das Thema würde sich dann bald von selbst erledigen.

"Kein Problem", lächelte sein korpulenter Freund schelmisch. „Rufen wir sie doch gleich an und fragen sie", sagte er und zeigte dabei auf den Telefonapparat.

„Ingrid ist nicht zu Hause", erwiderte der Familienvater. "Na, dann nehmt den Kleinen doch erst mal mit. Morgen könnte er schon weg sein."

"Ja, bitte Papa!", unterstützte Lukas lautstark den Freund seines Vaters.

"Wir haben gar keinen Stall und kein Streu und so", versuchte Thomas einzulenken.

Aber auch für dieses Problem hatte sein Bekannter eine Lösung und bot an, zunächst leihweise entsprechendes Equipment zur Verfügung zu stellen.

Die Diskussion über einen Familienzuwachs in Form eines schwarzen Hasen ging noch lange Zeit so weiter. Da Thomas es trotz aller Gegenargumente und Bedenken jedoch letztendlich nicht fertig brachte, seinem Nachwuchs das Herz zu brechen, willigte er am Ende doch noch ein. Von seinem Freund verabschiedete er sich wenig später mit den Worten „Wir sprechen und noch", was dieser mit einem zynischen breiten Grinsen quittierte. So hatte Thomas am Abend einen überglücklichen Sohn zu Hause und eine weitere Diskussion mit seiner verärgerten Ehefrau am Hals.

Schon nach wenigen Tagen schien die Aufregung über die Nachgiebigkeit des Familienvaters jedoch vergessen. Lukas verbrachte täglich viele Stunden mit Schlappohr, wie er sein erstes eigenes Haustier getauft hatte. Dazu musste er sich aber stets in den Garten des elterlichen Hauses bemühen, denn dort stand der vom Vater selbst gebaute Hasenstall, um den Geruch des Tieres aus der Wohnung fernzuhalten.

Schlappohr wohnte in einem maßgeschneiderten Holzstall, der mit kältedämmenden Polystyrol-Schaumstoffplatten sogar winterfest gemacht wurde. Für die wärmeren Jahreszeiten hatte Thomas ein großflächiges Maschendraht-Gehege angelegt, das dem kleinen Nager ausreichend Auslauf und Nahrung in Form von frischem Löwenzahn bot. Zudem wurde Schlappohr, dessen Ohren aber meist eher steif nach oben ragten, mit genügend Futter aus dem Zoofachhandel versorgt. Und Lukas brachte seinem kleinen Freund jeden Tag nach dem Mittagessen die grünen Küchenabfälle.

Das Häschen war trotz seiner häuslichen Abwesenheit schnell ein fester Bestandteil der Familie geworden. Und die Erwachsenen waren sich darüber einig, dass ein solches Haustier hervorragend geeignet war, um ihrem Sohn den Sinn für Verantwortung zu lehren. Schließlich konnte Lukas diesen Spielkamerad nicht einfach zur Seite legen, wenn er keine Lust mehr auf ihn hatte. Dass eine solche Verantwortung aber auch viel Arbeit und Aufwand bedeuten konnte, lernte Lukas recht schnell. Denn es war nun seine Aufgabe, dafür zu sorgen, dass Schlappohrs Stall regelmäßig gesäubert wurde sowie Streu, Stroh und Wasser zu erneuern. In den ersten Wochen stellte dies auch keinerlei Problem für den Fünfjährigen dar.

Aber das Interesse an diesen Aufgaben ließ Monat für Monat nach. Und so war es irgendwann in erster Linie seine Mutter, die sich um das Wohl des Tieres kümmerte, was zu regelmäßigen Ermahnungen des kleinen Hasenbesitzers führte.
"Ich hab da noch jede Menge Salat übrig. Das bringst du gleich nach dem Essen raus zu Schlappohr", sagte sie eines Mittags mal wieder.
"Ooohhh, keine Lust", lamentierte der junge Mann.
"Keine Lust gibts nicht", betonte seine Mutter. „Wenn man ein Tier hat, muss man sich auch darum kümmern."
"Nachher", murmelte Lukas genervt.
"Nein, nicht nachher, sondern direkt nach dem Essen. Oder willst du, dass Schlappohr verhungert?"

Als die Familie das Mittagsmahl beendet hatte, drückte Ingrid ihrem Sohn ein paar Blätter Salat und Gemüsereste in die Hand.
"Nachher", wiederholte das Kindergartenkind und legte das Grünzeug zurück auf die Arbeitsplatte der Küchenzeile. Seine Mutter schien jedoch unnachgiebig und ihr Tonfall wurde

nun ein wenig deutlicher. Um ihren Sohn zum Verantwortungs-
bewusstsein gegenüber eines anderen Lebewesens zu erziehen,
drohte sie: „Schlappohr wird verhungern, wenn du ihm nicht
endlich mal wieder etwas zu Essen bringst."
Um dies zu vermeiden, griff der Kleine dann doch noch genervt zu den gesunden Essensresten und ging damit in den
Garten.

Seine Mutter war gerade dabei, das benutzte Geschirr vom
Tisch in den Geschirrspüler zu räumen, als ihr plötzlich der laute Schrei eines Kindes durch die Glieder fuhr. Sie stürzte aufgeregt zum Fenster während ihr Sohn vor dem Hasenstall stand
und hysterisch „Mama, Mama!" schrie! Scheppernd schmiss sie
mehrere Gabeln zurück auf den Tisch und eilte so schnell sie
konnte hinaus zu ihrem Kind.

Lukas stand weinend und zitternd da. Er blickte apathisch in
den großen Holzkäfig und hielt die Salatblätter ganz fest in seiner Hand. Er versuchte etwas zu rufen, doch durch sein hilf-
loses lautes Schluchzen war er nicht zu verstehen. Das übliche
„Was ist denn los?", das seine Mama sonst in solchen Situationen fragte, blieb diesmal aus, da sie die Antwort bereits ahnte.
Fest legte sie den rechten Arm um ihren Sohn, um dann vorsichtig in den Stall zu blicken. Schlappohr lag leblos auf seiner
rechten Seite.
"Schlappohr! Schlappohr!" versuchte Lukas immer wieder zu
rufen. Doch dass sein schwarzer Hase nicht reagierte, lag nicht
an der Unverständlichkeit des Jungen, dessen Mund völlig ver-
krampft zitterte. Lukas wusste, dass sein Freund gestorben war.

"Ich habe ihn umgebracht. Ich habe ihn verhungern lassen",
weinte Lukas immer wieder, während seine Mutter ihn fest umarmte.
"Nein, mein Schatz, das hast du nicht", versuchte sie ihn zu
beruhigen.
"Doch, du hast selbst gesagt, dass er verhungert, wenn ich ihn

nicht füttere. Und nun war es zu spät", warf sich der kleine Mann nun selbst vor.

"Schlappohr ist nicht verhungert", wollte seine Mutter erklären.

"Doch, ist er doch. Und ich bin Schuld!"

Seine Mama versuchte stundenlang, ihm klar zu machen, dass er nicht die Schuld am Tod seines Hasen trug. Sie erklärte ihm, dass sie Schlappohr jeden Tag ausreichend gefüttert, dies nur nicht gesagt hatte. Doch Lukas konnte seiner Mutter nun nicht mehr glauben. Für ihn war klar, dass er sein eigenes Haustier auf dem Gewissen hatte.

Nur wenige Meter von Schlappohrs Stall entfernt schaufelte sein Vater noch am gleichen Tag ein Loch in den Garten, um den leblosen Körper des kleinen Nagers zu beerdigen.

"Kommt Schlappohr nun in den Himmel?" wollte Lukas weinend wissen.

"Ja, natürlich", versprach die Mutter.

"Aber er konnte doch gar nicht beten. Er wusste doch gar nicht, dass es den lieben Gott gibt", überlegte er laut. „Vielleicht kommt er deshalb dann gar nicht in den Himmel."

"Doch" erklärte seine Mama liebevoll. „Mit den Dummen ist Gott, sagt man. Das heißt, wenn jemand nicht an den lieben Gott glaubt, weil er nicht weiß, dass es ihn gibt, dann kommt er trotzdem in den Himmel."

"Kann er im Himmel auch verhungern? Oder ist da jemand, der ihn jeden Tag füttert?", wollte Lukas neugierig wissen, da er noch immer mit seinem schlechten Gewissen kämpfte.

"Da sind Engel, die ihn jeden Tag füttern", konnte die Mutter beruhigen.

Es dauerte viele Tage, bis Lukas sich einigermaßen erholt hatte. Viele Monate dauerte es, bis er sich keine großen Vorwürfe mehr machte und glaubte, dass sich die Engel ausreichend um seinen Schlappohr kümmern würden. Aber viele Jahre hatte es gebraucht, bis er verstand, dass jeder ein Engel ist, der eine gewissenhafte Verantwortung für andere Lebewesen übernimmt.

Der Hauptgewinn

Die lauten, schrillen und bunten Eindrücke, die Florian und Patrick sammelten, waren nur unwesentlich von denen zu unterscheiden, die sie auf jedem größeren deutschen Volksfest hätten sammeln können. Und doch war es für sie ein großer Unterschied, ob sie über die Stampede im kanadischen Calgary flanierten oder die Cannstatter Wasen am Ufer des heimischen Neckars besuchten. Die Fahrgeschäfte und Attraktionen dieser kanadischen Riesenkirmes schienen denen in Deutschland zu gleichen. Dennoch fühlte es sich hier völlig anders an – vermutlich weil ihnen unbewusst klar war, dass sie in ihrem Leben nicht so schnell wieder die Gelegenheit haben würden, dieses zehntägige Rodeo-Fest, das mit all seinen dazugehörenden Attraktionen zu den größten Volksfesten der Welt zählte, zu besuchen.

Die beiden Kumpel waren mit ihrem Sportverein für drei Wochen in Kanada zu Besuch, wo sie gemeinsam bei einer Gastfamilie in Calgary untergebracht waren. So hatten sie die seltene Gelegenheit, die Sitten der Menschen dieser Millionenmetropole kennen zu lernen, was sie mit großer Neugier nutzten. Jeden Abend saßen sie mit den Gasteltern Tim und Nancy, deren Kindern Devan und Elisha und dem verspielten Hunderüden Rocky zusammen, um sich über die kulturellen Unterschiede auszutauschen.

Mit der täglich wiederkehrenden Frage "Wanna drink a beer o` supp`n?" lud Tim seine deutschen Gäste immer wieder zu gut gekühltem Dosenbier ein, da die beiden jungen Männer ihn nicht von seinem Glauben abbringen konnten, dass die Deutschen gelegentlich auch eine andere Flüssigkeit zu sich nehmen würden. Dann wurde über interkontinentale Politik gesprochen, über die bei Tim verhassten Amerikaner oder es wurde die Frage geklärt, warum in dem schwäbischen Sportverein niemand eine bayerische Lederhose trug.

Die elfjährige Elisha interessierte sich mehr dafür, welche Popstars in Deutschland gerade angesagt waren und ihr fünf Jahre älterer Bruder Devan war besonders an näheren Einzelheiten zur Herkunft seiner Lieblingsband ‚Rammstein' interessiert.

Während es in den umliegenden Bergen der Provinz Alberta im Winter schon mal fünfunddreißig Minusgrade kalt werden kann, zeigte das Thermometer an diesem Julitag jedoch den gleichen Wert im positiven Bereich an. Florian und Patrick hatten für den Nachmittag keine Vereinsaktivitäten auferlegt bekommen und so liefen sie über das große Volksfest.

"Hey Patrick, have a look. It can`t be difficult to throw that ball into that bucket", sagte Florian zu seinem Vereinskollegen und zeigte dabei zu einem Kirmesstand.

"Hallo McFly, jemand zu Hause?", fragte Patrick grinsend und klopfte seinem Freund dabei an den Kopf. „Du kannst deutsch mit mir reden."

"Ach, Shit", lachte Florian. „Ich hab mich schon so daran gewöhnt, alles ins Englische zu übersetzen, dass das schon völlig automatisch passiert."

Dann teilte er seinem Kumpel nochmals auf deutsch mit, dass es nach seiner Auffassung nicht so schwer sein könne, einen Ball so in einen schräg stehenden Blecheimer zu werfen, dass dieser nicht wieder aus dem Eimer herausspränge. Genau dies war nämlich zu meistern, wenn man an der Bude, vor der sie gerade standen, einen Hauptpreis gewinnen wollte.

"Guck mal, der Typ macht das vor. Man muss beim Werfen nur leicht das Handgelenk drehen. Dann dreht sich der Ball in den Eimer und springt nicht wieder raus. Das wird bei drei Versuchen ja wohl einmal klappen."

"Na, dann mach", forderte Patrick seinen Spezi auf.

Und Florian hatte Recht. Nur ein einziger Versuch war erforderlich, um eine freie Auswahl unter den angebotenen Artikeln zu gewinnen. Erfreut über die Tatsache, dass er erstmals in seinem Leben den Hautgewinn ergattert hatte, suchte sich der junge Mann das größte Stofftier aus, das an dem fahrbaren Kirmesstand angebunden war. Ein überlebensgroßer schwarzer Plüschhund, der vom Boden bis zu Florians Bauchnabel reichte.

Mit den Worten "First prize!" verkündete der Budenbetreiber lautstark den Hauptgewinn. Erfreut rief er dann noch „Choice!" in sein Mikrofon, um zum Ausdruck zu bringen, dass sein Kunde eine gute Wahl getroffen hatte. Anschließend ließ er jeden in der näheren Umgebung wissen, dass soeben ein deutscher Gast einen riesigen italienischen Hund mit dem Namen Angelo gewonnen hatte.

„Sag mal, hat Elisha nicht den gleichen Hund in klein auf ihrem Bett sitzen?", wollte Florian von seinem Freund wissen, während er stolz das Riesenspielzeug vor sich her trug.

"Ja, du sagst es: in klein!", betonte Patrick und begann dabei laut zu lachen.

"Was`n jetzt los?", wollte Florian das Gelächter erklärt bekommen.

Patrick wollte sich aber kaum noch einkriegen. Immer wieder versuchte er etwas zu sagen, doch er lachte so herzhaft und laut, dass es ihm längere Zeit nicht möglich war, einen verständlichen Satz zu sagen. Die Tränen flossen in Bächen seine Wangen herab, er krümmte sich, hielt sich die Hände vor den Bauch und schnell hatte sein Lachen auch Florian angesteckt, der aber noch immer nicht wusste, worüber eigentlich gelacht wurde.

"Ist dir eigentlich klar, dass du einen Extra-Platz für den Rückflug buchen musst, wenn du dieses Riesenvieh mit nach Hause nehmen willst?", lachte Patrick, als er endlich wieder einigermaßen in der Lage war, zu sprechen.

Entsetzt starrte Florian ihn an, bevor dann beide in noch lauteres Gelächter ausbrachen.

"Verflixt! Daran hab ich ja gar nicht gedacht", erklärte der Hauptpreisgewinner die Tatsache, dass er völlig vergessen hatte, dass er sich gerade knappe achttausend Kilometer von zu Hause entfernt aufhielt.

Den Rest des Nachmittags machte Patrick sich auf die unterschiedlichsten Arten über Florian und sein neues Spielzeug lustig. Er machte irgendwelche Hundewitze, stellte zynische Fragen zur artgerechten Haltung von Plüschhunden und sang Lieder wie den alten Loriot-Klassiker „Ich bin ein kleiner Hund" oder nutzte den Otis Redding-Hit „I`m Sitting On The ‚Dog' Of A Bay" für sarkastische Wortspiele zum Thema Hund. Florian wusste, dass er es für seine Gedankenlosigkeit verdient hatte, veralbert zu werden, und konnte die Späße gut vertragen. Dennoch stellte er sich an dem verbleibenden Nachmittag in erster Linie die Frage, wie er seinen weichen Gefährten wieder los würde, denn schon sehr schnell war es ihm auf die Nerven gegangen, die ganze Zeit dieses Monstrum vor sich her zu tragen. Zudem wurde er von unzähligen Volksfestbesuchern angelächelt oder gar angesprochen, was für seinen Freund immer wieder eine gute Gelegenheit war, ihn auszulachen.

"Beware of dog pooh!", versuchte ein angetrunken wirkender Mann Florian vor etwaigen Hundehaufen zu warnen.

"Möchten sie den Hund haben?", fragte er den Herren in seinem besten Schulenglisch.

Der Mann willigte lachend ein und Florian hatte endlich wieder die Hände frei, bevor er sich mit seinem Freund allmählich in Richtung S-Bahn-Station aufmachte.

"Guck mal, der Typ hat deinen Liebling in die Ecke geworfen", sagte Patrick kurze Zeit später.

"Na toll, das muss ja nun auch nicht sein", kommentierte Florian und holte sich das auf dem Boden liegende Plüschtier zurück.

In der nächsten halben Stunde versuchte er zahlreiche Passanten davon zu überzeugen, dass Angelo ein ganz besonderer italienischer Plüschhund sei, den er ihnen gerne schenken wolle. Außer Grinsen oder merkwürdigen Gesichtsausdrücken erntete er jedoch keinen Erfolg. Und so nahm er Angelo letztendlich zur Belustigung der anderen Fahrgäste mit in die überfüllte S-Bahn, wo er beschloss, den Hund an Elisha, die Tochter seiner Gasteltern, zu verschenken. Schließlich besaß sie bereits ein solches Exemplar in kleinerer Ausführung.

"Das kannst du nicht bringen", sagte Patrick zu dieser Idee. „Die glauben, du hast ein Auge auf die Kleine geworfen."

"Spinnst du? Die Kleine ist elf."
"Eben. Am Ende kriegst du noch Ärger wegen Belästigung Minderjähriger. Wer weiß, wie streng die hier mit so was sind", machte Patrick seinem Kumpel Angst.

"Mh, okay", sinnierte dieser dann nicht ahnend, dass ihn Patrick wieder nur auf den Arm nehmen wollte. „Ich lasse das Vieh einfach hier in der Bahn sitzen."

Doch auch dieser Plan sollte nicht funktionieren. Als die Beiden ohne Plüschtier aussteigen wollten, wies eine freundliche ältere Dame darauf hin, dass sie ihren Hund vergessen hatten.

"Es ist mir echt zu blöd, mit diesem Riesenteil da einzumarschieren", sagte Florian zu seinem Freund, als sie die letzten Meter zum Haus ihrer Gasteltern liefen. Dann setzte er den Plüschhund an einer Straßenecke auf den Boden, streichelte ihm über den Kopf und sagte: „mach`s gut Angelo. Irgendjemand wird dich schon haben wollen."

Patrick schüttelte dabei nur grinsend den Kopf.

Als die Beiden wieder bei ihren Gasteltern angekommen waren, hörten sie aus Richtung des Wohnzimmers das laute Schluchzen eines weinenden Mädchens. „Keine Sorge", kommentierte Gastmutter Nancy die Situation. „Elisha wird sich gleich wieder beruhigen."

"Oh, was ist denn passiert?", wollten die jungen Männer besorgt wissen.

"Ach, unser Hund Rocky war in ihrem Zimmer und hat ihr Lieblingsplüschtier zerfetzt. Sie wird sich schon wieder beruhigen."

Florian und Patrick sahen sich mit besorgtem Blick an, während sie Nancy ins Wohnzimmer folgten. Dort saß die elfjährige Elisha weinend auf dem Boden. Vor ihr lagen zwei Dutzend Fetzen des Innenlebens eines kleinen Plüschhundes.

„Angelina war mein Lieblingstier" jammerte die Kleine auf schwer verständliche Weise.

Patrick blickte Florian an. Dieser nickte nur kurz und wusste, was zu tun war.

"I`ll be back" rief er in Hollywood-Manier und ging zurück zur Haustür. So schnell er konnte rannte er zur nächsten Strassenecke. Doch sein Schock war groß, als er feststellen musste, dass sein Riesenhund dort nicht mehr saß. Er lief auf die Straße, um um die Ecke zu blicken. Doch Angelo war nirgends mehr zu sehen.

"Shit!" schrie er, als ihm klar war, dass er seinen Hauptgewinn nicht einfach so hätte loswerden dürfen.

In für ihn nur schwer verständlichem Englisch rief plötzlich eine Frau von der anderen Straßenseite: „ist das ihr Hund?"

Dabei hielt sie das große Spielzeug in die Luft. Florian rief ein lautes „Yes" und lief aufgeregt auf die Frau zu. Erst als er die andere Straßenseite fast erreicht hatte, nahm er das laute Quietschen der Bremsen eines Autos war, das er zuvor gar nicht wahrgenommen hatte. Der Wagen kam direkt hinter ihm zum Stehen, so dass Florian mit Sicherheit von ihm erfasst worden wäre, wenn er nicht direkt vorher auf sein Plüschtier zugelaufen wäre. Wie in Schockstarre schauten Florian und die Passantin auf den Wagen, aus dem unmittelbar ein männlicher Fahrer ausstieg.

"Oh mein Gott, bitte verzeihen sie", entschuldigte sich dieser in seiner englischen Landessprache. „Ich war irgendwie in Gedanken und habe sie völlig übersehen. Ich hoffe, es ist nichts passiert?"

Nachdem Florian erklärt hatte, dass alles in Ordnung war, sagte die anwesende Dame: "Das war knapp, Mister". Dann streckte sie ihm den Plüschhund entgegen und Florian nahm ihn dankend an, um die Straße diesmal äußerst vorsichtig in Richtung des Hauses seiner Gasteltern zu überqueren.

"Schau mal, Elisha, was ich hier für dich habe", sagte er wenig später zu dem immer noch weinenden Mädchen. Selten zuvor hatte er ein so plötzliches und herzhaftes Strahlen gesehen. Elisha sprang auf und lief auf Florian und sein Stofftier zu.

"Der ist ja noch viel größer, als Angelina", rief sie fröhlich.
"Der scheint ja sogar größer zu sein, als du", sagte ihre Mutter, die sich dann zu Florian wand, um zu fragen: „wo hast du den denn jetzt so schnell hergezaubert?"

"Hergezaubert ist gut", grinste Florian. „Eigentlich wollte ich ihn schon den ganzen Nachmittag loswerden, aber offensichtlich wollte er immer wieder zu mir zurück. Aber nun hat er ja ein neues, liebevolles zu Hause gefunden."

"Ja, und er hat Elisha den Tag gerettet", lächelte Nancy zufrieden.

"Tja, und mir vielleicht sogar eben das Leben", murmelte Florian leise zu seinem verständnislos blickenden Freund Patrick, dem plötzlich kein zynischer Spruch mehr einfiel.

Der Schauspieler

Mit einem überheblich wirkenden Blick betrat der sechsjährige Marian den Raum und sagte mit einem allwissend klingenden Tonfall: „Der Fall ist gelöst, gnädige Frau". Seine Tante lachte, während sich der Junge eine merkwürdig riechende alte Pfeife seines Vaters so in den Mund steckte, als wäre er schon seit Jahren ein geübter Pfeifenraucher.

"Willst du mal Detektiv werden?", wollte seine Tante dann wissen.

"Nein, er ist der Meinung, Schauspieler werden zu wollen", antwortete Marians Mutter für ihn.

"Ich will nicht Schauspieler werden, ich werde Schauspieler!", betonte der Dreikäsehoch bestimmt.

"Es ist aber nicht so einfach, Schauspieler zu sein", versuchte die Tante die Euphorie bezüglich des frühen Berufswunsches des Kindes zu bremsen.

"Schauspieler sein oder nicht sein. Das ist die Frage", kommentierte der Sechsjährige geschwollen und verließ das Zimmer.

Tatsächlich hatte sich Marian schon ungewöhnlich früh auf den Berufswunsch der Schauspielerei versteift. Während seine Schulfreunde darauf hofften, Pilot, Astronaut oder Polizist zu werden, hatte er bereits in seinen frühen Lebensjahren den Drang, sich vor Publikum darzustellen. Offensichtlich steckte hinter dieser Leidenschaft aber weit mehr, als ein üblicherweise schnell verfliegender Berufswunsch eines kleinen Jungen. Es ging ihm nicht darum, zu träumen und zu spielen, was er als Erwachsener mal arbeiten würde. Es war die stark züngelnde Flamme einer echten Leidenschaft, die in ihm loderte. Die Erwachsenen um ihn herum nahmen dies jedoch nicht ernst. Sie kommentierten seine ständig wiederkehrenden kleinen Schauspieleinlagen meist lediglich mit fröhlichem Lachen oder einem Beifall, den man kleinen Kindern spendet, um sie zu loben, ohne sie aber wirklich ernst zu nehmen.

Schon in der Grundschule nutzte Marian den Klassenraum als Bühne und Theatersaal gleichzeitig. Immer wieder viel er dadurch auf, dass er den Unterricht durch irgendwelche kleinen Vorführungen, Witze, Sketche und geschwollen vorgetragene Gedichte störte. Als die Klassenlehrerin davon sprach, ein Theaterstück einstudieren zu wollen, welches die Schulklasse dann den Eltern vorspielen würde, betonte Marian sofort, dass er die Hauptrolle spielen wolle, da er eh eines Tages Schauspieler werden würde.

Leider war es Marian bei seiner ersten offiziellen Theateraufführung jedoch nicht vergönnt, die Hauptrolle zu übernehmen. Aus Sympathiegründen besetzte seine Lehrerin die Rolle mit einem anderen Schüler. Enttäuscht gelang es Marian dann aber dennoch, seine kleine Nebenrolle so sehr mit Leben zu füllen, dass er sich am Nachmittag der Vorführung sogar mit seinen wenigen zu sprechenden Sätzen in den Vordergrund spielen konnte, in dem er viel lauter Sprach als all die anderen Nachwuchsschauspieler und seine Stimme so verstellte, das er fast erwachsen klang.

Als er das Gymnasium und auch das Alter der Pubertät erreicht hatte, mutierte Marian während der Unterrichtsstunden erstrecht zum Hobby-Schauspieler. Die Lehrer bezeichneten ihn allerdings weniger als Schauspieler, denn als Klassenclown. Keine Gelegenheit ließt er aus, um sich in den Mittelpunkt zu spielen. Sobald mehrere Menschen um ihn herum waren, musst er sich mit irgendwelchen coolen Sprüchen, auswendig gelernten Zitaten oder lockeren Witzen in den Vordergrund drängen. Bei einigen Klassenkameraden, insbesondere den weiblichen, kam dieser Geltungsdrang sogar sehr gut an. Bei den meisten jedoch eher weniger.

Und noch immer hegte der Jugendliche den Berufswunsch

des Schauspielers. Die Bühne und die Kinoleinwand sollten seine Heimat werden. Dies war nach wie vor nicht bloß das Hirngespinst eines Heranwachsenden, sondern ein nicht zu unterbindender Drang. Psychologisch versierte Menschen hätten in Marians auffälligem Verhalten sicher den übertriebenen Geltungsdrang erkannt. Es war eine Art Narzissmus, eine Selbstverliebtheit und sicher zum Teil auch eine übertriebene Eitelkeit, die Marian an den Tag legte. Tief in sich drin fühlte er sich jedoch klein und wertlos. Er litt unter einem so geringen Selbstwertgefühl, dass er dieses mit einem riesigen Wunsch nach Bewunderung zu kompensieren versuchte. Er spielte die verschiedensten Rollen und stellte sich auf die unterschiedlichsten Arten dar, weil er unbewusst hoffte, dadurch von seinen Mitmenschen als außerordentlich wertvoll und wichtig wahrgenommen zu werden. Das Gefühl, geschätzt oder gar bewundert zu werden, war längst zu einer Sucht für ihn geworden. Man könnte auch sagen, sein Selbstdarstellungsdrang war ein innerer Schrei nach Liebe.

All dies erkannten seine Eltern jedoch nicht. Sie sahen in ihm einen verrückten, zappeligen kleinen Spinner, der sich einen Berufswunsch in den Kopf gesetzt hatte, der dazu führen würde, dass er letztendlich als Sozialfall enden würde.

"Erst mal lernst du einen anständigen Beruf", bestimmte sein Vater. „Schauspielern kannst du nebenbei. Man kann mit solch einem Blödsinn nicht seine Brötchen verdienen. Nur die wenigsten schaffen das. Und ausgerechnet du wirst wohl nicht das Talent und das Glück haben."

"Aber..."

"Nichts aber! Du wirst was vernünftiges lernen oder von mir aus studieren. Ich züchte mir doch keinen brotlosen Künstler ran. Und damit basta!"

Und so absolvierte der Jugendliche seine weitere Schulzeit mehr schlecht als recht. Sein Interesse galt weiterhin weniger dem Auswendiglernen von binomischen Formeln, als dem Auswendiglernen von Theaterstücken. Längst hatte er sich der Theater AG seines Gymnasiums angeschlossen und schauspielerte zudem in zwei Hobby-Theater-Vereinen. Das Rollenangebot war aber für einen Jugendlichen eher übersichtlich. Und so verbrachte er seine sonstige Freizeit meist damit, sich durch das Üben berühmter Theaterrollen auf die spätere Aufnahmeprüfung an Schauspielschulen vorzubereiten.

Wenn es zu Hause darum ging, welche Ausbildung er absolvieren wolle, wurde ihm sein Traum von der Schauspielschule jedoch immer wieder jäh zerstört.

"Ich zahle dir keinen Platz an der Schauspielschule", betonte sein Vater immer wieder.

Und dennoch bewarb Marian sich heimlich an mehreren staatlichen Schauspielhochschulen, Fachakademien und auch privaten Schauspielschulen. Er wusste, dass das Schauspiel nicht nur sein Beruf werden würde, sondern dass es seine Berufung war. Er war sich ganz sicher, dass er es schaffen würde, einer der ganz Großen zu werden. Vielleicht würde er eines Tages sogar zu den wenigen deutschen Schauspielern zählen, die in Hollywood Karriere machten. Zumindest aber im deutschsprachigen Raum würde er ein gefeierter Film- und Fernsehstar werden. Da war er sich ganz sicher. Selbst, wenn er alle Träumereien ausblendete und versuchte, sein Talent und sein Können ganz objektiv zu betrachten, so war ihm klar, dass er die Fähigkeit besaß, mit den berühmtesten Schauspielern mithalten zu können. Und in der Tat war der junge Mann so talentiert, dass man ihm nahezu jede nur erdenkliche Rolle hätte abnehmen können.

Und tatsächlich gelang es ihm, zwei staatliche und eine private Schauspielschule zumindest so sehr von seinem Können zu überzeugen, dass er jeweils zu mehrteiligen Aufnahmetests eingeladen wurde. Seine Freude, aber auch seine Nervosität waren immens. Vielleicht war er bei den Aufnahmeprüfungen zu nervös. Jedenfalls erhielt er von den beiden staatlichen Akademien

Absagen. Er war am Boden zerstört. Warum hatten sie sein Talent nicht erkannt? Warum hatten diese Schauspielschulen offensichtlich nach Schauspielern mit altbackenen Interpretationen ihrer Rollen gesucht und nicht nach frischem Wind, wie er ihn eigenwillig in seine Vorführungen brachte? Aber dennoch: aufgeben würde er niemals. Das Feuer der Leidenschaft ließ sich durch solche Ablehnungen nicht löschen. Er spürte weiterhin in sich drin, dass er das Zeug zu einem Star hatte. Und er war sich sicher zu wissen, dass er es auch schaffen würde, ein solcher Schauspielstar zu werden.

Und dann, einige Wochen später, schien der Startschuss für diese Karriere zu fallen. Die private Schauspielschule, bei der er ebenfalls die Einstellungstests absolvierte, hatte sein Talent offensichtlich erkannt. Man teilte ihm mit, dass er dort für eine Ausbildung zum Schauspieler, die etwa acht Semester dauern würde, zugelassen sei. Seine Freude war grenzenlos. Zwar hätte er lieber an einer staatlichen Akademie studiert, weil dann die späteren Erfolgsaussichten größer seien, jedoch hatten Schauspieler wie Til Schweiger bereits vorgelebt, dass man es auch dann zum Star bringen kann, wenn man sein Handwerk auf einer privaten Schauspielschule erlernt hat.

Nun, es scheint fast unnötig zu erwähnen, wie Marians Vater auf seine Zukunftspläne reagierte. Vielleicht hätte er seinen Sohn nun ja doch darin unterstützt, wenn schon eine Schauspielschule von den Talenten überzeugt war. Allerdings hatte das Studium auf dieser Schule den unüberwindbaren Nachteil, dass es fast 7000 Euro im Jahr kosten sollte. Dies konnte und wollte der Vater keinesfalls investieren, um seinen Sohn „zum brotlosen Künstler heranzuzüchten", wie er es zu nennen pflegte.

Und damit war Marians Traum vom Schauspielstar vorerst geplatzt. Nicht aber seine Leidenschaft für das Schauspiel und schon erstrecht nicht sein Geltungsdrang. Nach dem Abitur machte er in einem Sportgeschäft eine Ausbildung zum Einzelhandelskaufmann. Es war der einzige Ausbildungsplatz, den er noch bekommen hatte, nachdem er sich viel zu spät Gedanken gemacht hatte, was er, außer der Schauspielerei, sonst hätte erlernen können. Er zog seine Ausbildung mehr oder weniger widerwillig durch, konzentrierte sich aber weiterhin auf das Hobby des Laiendarstellers.

In den folgenden Jahren bestritt er seinen Lebensunterhalt mehr schlecht als recht durch oft wechselnde Jobs als Verkäufer im Einzelhandel. Gleichzeitig stand er an mehreren Abenden in der Woche auf der Bühne. Um seine nicht verklingen wollende Leidenschaft ausleben zu können, hatte er sich zahlreichen Laientheatergruppen angeschlossen. Und da er wirklich ein außerordentliches Talent besaß, wurde er nach einiger Zeit fast überall für die Hauptrolle besetzt. In der Amateurszene sprach sich sein Talent herum. Er war bekannt. Fast war er wie ein kleiner Star, der er immer werden wollte. Aber eben nur im Amateurbereich. Aber leider schien außer den Hobby-Intendanten, Hobby-Regisseuren und natürlich ihm selbst, niemand sein Können und seinen Fleiß zu erkennen. Unzählige Bewerbungen hatte er verschickt. Sein geringes Einkommen ging dafür drauf, Fotos, Videos, Bewerbungsmappen, eine Homepage und zahlreiche Agentureintragungen zu finanzieren. Und dennoch blieb der große Erfolg oder wenigstens die Chance, irgendwann von der Schauspielerei leben zu können, aus.

Er gehörte nicht zu den Menschen, denen es vergönnt war, das Glück zu haben, zum richtigen Zeitpunkt den richtigen Menschen zu treffen, der ihm irgendwie weiterhelfen würde. Zwar traf er im Laufe der Jahre immer wieder auf Menschen, die ihm tolle Angebote, herausragende Rollen, Erfolg, Ruhm und Reichtum versprachen, aber die meisten dieser Leute entpuppten sich sehr schnell als wortgewandte Schaumschläger, die viel dummes Zeug redeten, aber kein ehrliches Interesse daran hatten, ihn zu fördern.

Und so blieb er letztendlich über Jahrzehnte ein außerordentlich talentierter Laiendarsteller, der Zeit seines Lebens nicht nur fremde Charaktere spielte, sondern auch sich selbst immer wieder so öffentlich wie möglich präsentierte, um seinem nie verloren gegangenen Darstellungsdrang gerecht zu werden. Wie sollte er den in ihm lodernden Narzissmus und Wunsch nach Aufmerksamkeit und Anerkennung auch verlieren, wenn er doch über viele Jahre hinweg immer wieder erfuhr, dass er anderen nicht gut genug war? So viele Versprechungen hatte man ihm gemacht, aber nie eingehalten. So viele Hoffnungen wurden jäh zerstört. Für sein wirkliches Selbstbewusstsein war dies nicht gerade förderlich. Da er aber von seinen Fähigkeiten nach wie vor überzeugt geblieben war, blieb ihm auch der innere Drang, sich als herausragend und toll zu präsentieren.

Da Selbstdarsteller von der Außenwelt jedoch meist nur sehr oberflächlich betrachtet und schnell als arrogant und angeberisch abgeurteilt werden, hatte Marian auch nie viele Freunde. Und auch die Partnerschaften, die er im Laufe der Jahre mit den verschiedensten Frauen einging, hielten meist nicht sehr lange. Wie auch? War er ja schließlich mit seiner Leidenschaft verheiratet und verbrachte seine Freizeit lieber mit Schauspielerei und Selbstdarstellung, als mit seiner jeweiligen Partnerin. Im Grunde führte seine Leidenschaft dazu, dass er ein recht einsamer und unglücklicher Mensch war, der sich verkannt und unbeachtet fühlte.

Seinen fünfzigsten Geburtstag feierte Marian mit den Kolleginnen und Kollegen eines Ensembles, mit dem er gerade ein Theaterstück aufführte. Fröhlich und ausgelassen tranken die Darsteller ein paar Gläser Bier und Wein nach ihrer Vorstellung. Plötzlich spürte Marian einen undefinierbaren starken Schmerz im linken Arm, der nicht mehr enden wollte. Er setzte sich auf einen alten Sessel, während sein Herz sehr stark, aber unrhythmisch zu schlagen schien.

"Das wird doch kein Herzinfarkt sein", murmelte er, bevor

ihm ganz schwummrig und schwarz vor Augen wurde.

Als Marian wieder zu sich kam, lag er in einem Krankenhausbett. Er fühlte sich müde, kaputt, völlig durcheinander und hatte Schmerzen. Wie im Halbschlaf flüsterte er zu einer der anwesenden Frauen: „was ist passiert?"

"Du hattest einen sehr schweren Herzinfarkt. Du bist bereits operiert worden", sagte seine Schauspielkollegin, die vor seinem Bett stand, leise. „Schlaf einfach weiter und erhol dich. Es wird alles wieder gut."

"Einen schweren Herzinfarkt?", fragte Marian schwach, aber entsetzt.

Seine Kollegin trug noch immer das Engelsgewand, das sie am Abend während des Theaterstücks trug. Lediglich die weissen Federn, welche die Engelsflügel darstellen sollten, hatte sie mittlerweile abgeschnallt. Ihre hellblonden Haare waren aber noch immer von goldenem Glitzer geziert, ebenso ihr goldfarbener Lidschatten. Marian, der völlig durcheinander war, schien zu halluzinieren. Er erkannte in dieser jungen Frau nicht seine Schauspiel-Kollegin, sondern glaubte, tatsächlich einen Engel zu sehen. Verbunden mit der gerade vernommenen Botschaft, dass er einen schweren Herzinfarkt hatte, wähnte er sich nun im Himmel oder in einem Übergang zwischen der ihm bekannten Welt und dem Jenseits.

"Da hat es mich nun also hingerafft", sagte er dem vermeintlichen Engel leise.

"Nein Marian, alles wird wieder gut", antwortete die Frau, was den Patienten glauben ließ, die Engel haben sich dafür entschieden, ihn doch noch mal in sein Leben zurück zu lassen.

"Wieder gut?", fragte Marian. „War mein Leben denn gut? Ich habe nichts von dem erreicht, was ich erreichen wollte. Mein Leben lang habe ich mir nichts sehnlicher gewünscht, als ein Star zu werden. Ich hatte immer das Zeug dazu, aber man hat mich nie gelassen. Man hat mich nie erkannt."

"Sag so was nicht!", befahl die Frau, die Marian noch immer für einen himmlischen Engel hielt. „Du hast mehr Anerkennung bekommen, als die meisten deiner Mitstreiter. Du hast das aber nie erkannt. Du warst nie zufrieden mit dem, was du hattest. Du wolltest immer noch mehr. Auf dem Weg zu dem gesteckten Ziel hast du einfach übersehen, dass du so viele deiner Wünsche längst erreicht hattest."

"Was habe ich schon erreicht? Nichts! Ich habe immer den großen Star gespielt, bin es aber in Wirklichkeit nie gewesen", betonte der todkranke Schauspieler.

„Oh doch", erklärte der weibliche Engel. „Du wurdest geliebt. Viele Frauen haben dich geliebt, aber du hast sie nicht beachtet. Viele Zuschauer haben dir applaudiert, aber du hast sie kaum wahrgenommen. Viele Intendanten haben dir die Hauptrolle gegeben, aber du hast sie nicht für wichtig genug angesehen. Oh ja, du warst für viele Menschen ein kleiner Star. Du warst vielen Menschen wichtig. Dein Problem ist nicht, dass du anderen nicht wichtig genug warst, dein Problem ist, dass du dich selbst zu wichtig genommen hast."

"Mag sein", bestätigte Marian kleinlaut. „Aber das ist nun mal mein Naturell. Ich brauche immer und immer wieder die Anerkennung, um glücklich zu sein. Aber die ganz große Anerkennung wollte der liebe Gott mir halt nicht schenken. Offensichtlich hat er mich nicht lieb genug gehabt, sonst hätte er meinen Wunsch erfüllt und hätte mich zum Star gemacht."

Einen Moment war es still in dem sterilen Krankenhauszimmer. Dann sagte der Engel ohne Flügel: "Doch, Gott liebt dich. Er liebt doch sogar so sehr, dass er dich nicht zum Star gemacht hat."

"Er hätte mich zum Star und somit glücklich gemacht, wenn er mich lieben würde", entgegnete Marian.

"Ja, vielleicht wärst du glücklicher gewesen, wenn du dein großes Ziel erreicht hättest. Aber weißt Du, es sind Menschen wie du, die nicht damit klar kommen, wenn der Ruhm irgendwann nachlässt. Viele ehemaligen Stars gehen daran zugrunde, wenn sie irgendwann keine Stars mehr sind. Immer wieder liest man, dass sie dann trinken, Drogen nehmen oder sich sogar umbringen. Vielleicht wollte Gott dir das ersparen – weil er dich liebt."

Für einen Moment wirkte Marian nachdenklich. Dann lächelte er dünn und sagte: „komisch. Ich bin Atheist. Ich glaube gar nicht an Gott."

"Ja, komisch", lächelte die Frau im Engelskostüm, „ich auch nicht. Aber wenn man das Gefühl hat, dieses Leben könnte gleich vorbei sein, dann beginnt man automatisch, an Gott zu glauben."

„Und auch dann, wenn man plötzlich spürt, dass man eigentlich immer geliebt wurde", fügte Marian leise hinzu.

Einige Monate später hatte Marian sein Schauspielhobby aus gesundheitlichen Gründen an den Nagel gehängt. Stattdessen unterstützte er nun junge Nachwuchsschauspieler, die in sich die Leidenschaft verspürten, eines Tages Schauspielstars zu werden.

"Arbeitet und kämpft für die Erfüllung Eurer Ziele", sagte er ihnen, „aber verlernt niemals die Bescheidenheit. Jeder, der bescheiden, demütig und tolerant ist, wird ein Star sein. Und niemand sonst."

Der Migrations-Hund

Mit dem linken Arm auf die Lehne gestützt, den Kopf hinten angelehnt und dem rechten Bein auf dem Couchtisch liegend, saß Adrian auf dem schwarzen Ledersofa und sah gebannt zum Fernseher.

"Ayse bringt nachher übrigens ihren neuen Hund mit", rief eine Frauenstimme aus der Küche.

"Oh, nee! Ich will hier nicht so`n Drecksvieh im Haus haben", rief Adrian zurück.

Nathalie trat mit einem Spültuch in der Hand aus der Küche hervor. „Was soll das denn heißen? Was hast du gegen Hunde?"

"Nichts. Ich mag Hunde. Hundefleisch soll ja sehr gesund sein. Ich schaffe nur nie einen ganzen", antwortete der dreiundzwanzigjährige Mann, ohne seinen Blick vom Fernsehbild abzuwenden.

"Sehr witzig. Sie wird den Hund künftig immer mitbringen, wenn sie kommt. Ich habe ihr gesagt, dass das kein Problem ist", erklärte Nathalie.

Endlich sah Adrian seine Freundin an. "Na super. Toll, dass ich auch mal gefragt werde. Ich will so `nen Köter hier nicht haben. Die stinken, machen Dreck und Lärm und machen alles kaputt".

"Du spinnst doch. Den Dreck machst Du ja eh nicht weg und Ayses Hund ist ein ganz lieber", verteidigte Nathalie den vierbeinigen Gefährten ihrer Freundin.

"Ach du scheiße. Auch noch so ein Riesenvieh", waren Adrians Begrüßungsworte, als Ayse abends mit ihrem Hund die Wohnung betrat. „Was is`n das? Ein Labrador?", wollte er wissen.

"Hallo Adrian. Das ist ein Golden Retriever", sagte Ayse. „Er heißt Melek".

"Ja, leck. Melek. Auch noch ein türkischer Name", entgegnete der ungewollte Gastgeber provozierend.

"Adrian, wie du vielleicht schon bemerkt hast, trage auch ich einen türkischen Namen", konterte die schwarzhaarige Besucherin.

"Ist mir nicht entgangen. Aber du bist ja auch Türkin, dein Köter ja wohl nicht".

"Lass ihn", mischte sich Nathalie ein und schob ihre Freundin Richtung Wohnzimmer, um die hundefeindlichen und rassistischen Anspielungen ihres Partners nicht weiter hoch kochen zu lassen.

Eigentlich verstand Adrian sich sehr gut mit Ayse, die sehr oft bei ihrer Freundin Nathalie und ihm zu Besuch war. Gelegentlich musste sie sich jedoch ein paar zynische Sprüche bezüglich ihres Migrationshintergrunds oder ihres muslimischen Glaubens anhören, was dann hin und wieder zu kontroversen Diskussionen führte. Ein wirklicher Ausländerfeind war der junge Mann nicht, jedoch konnte er sich ganz und gar nicht mit der Ausländerpolitik der Regierung seines Landes anfreunden. Obgleich Ayse eine moderne und weltoffene Frau war, die äußerlich nicht in das Klischee passte, das Leute wie Adrian ihr gerne aufzudrücken versuchten, musste sie sich immer wieder typische Stammtischparolen wie „irgendwann leben hier nur noch Moslems" oder „warum müssen wir von unseren Steuergeldern Moscheen für euch bauen? Wenn ich in der Türkei eine christliche Kirche bauen will, werde ich geköpft" von ihm anhören. Die Deutsch-Türkin wusste sich dann aber durchaus zu wehren und konnte in den letzten Jahren schon so manches Vorurteil widerlegen. Bei einigen Diskussionspunkten, wie den Themen Zwangsheirat oder Unterdrückung von Frauen, pflichtete sie ihm sogar bei.

Mit Hunden aber kam Adrian nicht wirklich gut zurecht. Vielleicht hatte er als Kind mal eine negative Erfahrung mit ihnen gemacht. Vielleicht kam er auch unbewusst nur nicht damit klar, dass diese Tiere den wahren Charakter eines anderen Lebewesens gut erspüren konnten. Und somit ging in der Regel nicht nur er den Hunden aus dem Weg, sondern diese oft auch ihm. Manchmal knurrten sie ihn sogar an, was seine negative Meinung über „Drecksköter", wie er sie meist zu nennen pflegte, nur noch bestärkte. Dass er meist der Einzige in einer größeren Runde war, der von Hunden gemieden oder gar angefeindet wurde, fiel ihm dabei nicht auf.

Melek, Ayses gold-blonder Retriever-Rüde, gehörte aber zu den absolut gutmütigen Tieren seiner Rasse, die auch Hundefeinden wie Adrian immer wieder eine Chance gaben. Wann immer er mit seinem Frauchen bei Nathalie und Adrian zu Besuch war, versuchte er auf liebevolle Art, Adrians Herz zu erobern. Stets begrüßte er ihn schwanzwedelnd, doch der junge Mann versuchte dies meist zu ignorieren, in dem er seine Hand wegzog und ihn nicht einmal kurz streichelte. Melek legte sich dann traurig neben ihn und gab Adrian damit einen weiteren Grund, sich aufzuregen. Dabei wollte der junge Hund doch lediglich ein klein wenig Anerkennung und Aufmerksamkeit. Das wirkte immer so, als hätte das Tier sagen wollen: „ich mag dich, so wie du bist. Möge du mich doch bitte auch ein bisschen." Adrian erwiderte diesen treuen Hundeblick jedoch entweder gar nicht oder mit angewidertem Gesichtsausdruck.

"Morgen kommt Ayse wieder", sagte Nathalie an einem Freitagabend zu ihrem Freund, während sie sich bettfertig machte. „Bitte sei nicht wieder so böse zu ihrem Hund."

Adrian, der bereits im Bett lag, antwortete: „Wieso morgen? Morgen ist Montag."

"Hä? Morgen ist Samstag mein lieber", grinste seine Partnerin.

"Ist mir egal", murmelte der KFZ-Mechatroniker. „Ich muss schlafen. Ich habe plötzlich tierische Kopfschmerzen, als wenn mir ein Blitz in den Kopf schlägt."

Am nächsten Morgen wurde der junge Mann schon sehr früh

wach. Dabei verspürte er starke Schmerzen und einen unangenehmen Geschmack im Mund. Es schmeckte, wie eine Mischung aus Blut und Eiter. Schnell sprang er aus dem Bett und lief in`s Bad vor den Spiegel, wodurch er auch seine Freundin aufweckte.

"Ich muss mir heute Nacht tierisch auf die Zunge gebissen haben", sagte er etwas später zu ihr. „Das tut höllisch weh."

"Du hast dich scheinbar auch die ganze Nacht rumgewälzt", erzählte seine hübsche Lebensgefährtin. „Ich bin ein paar Mal von dir wach geworden. Du hast bestimmt schlecht geträumt."

Den ganzen Tag über war Adrian dann ungewöhnlich müde. Auch als Ayse am Abend mit ihrem Hund zu Besuch war, wirkte er abwesend, ausgelaugt und unkonzentriert. Den beiden Mädels schien seine Müdigkeit aber nur recht zu sein, denn so konnten sie ungestört lachen und über Gott und die Welt quatschen, ohne dass Adrian mit seinen Diskussionen die Stimmung trübte. Melek lag wie gewohnt neben Adrians Zweisitzer-Sofa auf dem Boden und blickte ihn immer wieder mit verstohlenem Blick an.

Doch plötzlich stand der Hund aufgeregt auf, stellte sich vor Adrian und blickte ihn erwartungsvoll an. Seinen Schwanz schien er nach unten gedrückt zu haben, doch hin und wieder wedelte er kurz nach oben. Nach freudigem Schwanzwedeln sah dies jedoch nicht aus. Eher wirkte der Hund aufgeregt, als drohe eine Gefahr.

"Was ist denn mit dir los, Melek?" fragte Ayse ihren Vierbeiner. „Musst du mal raus?"

Melek ging zwei Schritte auf sein Frauchen zu, ging dann aber wieder zurück, stellte sich vor Adrian und sah ihn erneut an. Hin und wieder schaute er kurz zu Ayse, um dann seinen Blick wieder in Richtung des jungen Mannes auszurichten.

"Er ist ja total aufgeregt", stellte Nathalie fest.
"Ja, ich glaub, er muss mal. Oder er will, dass Adrian mit ihm spielt", sagte ihre Freundin.

Adrian sah den Hund an, überraschenderweise sagte er aber nichts zu dessem Verhalten.

Melek, der sonst nur zur Begrüßung seine feuchte Nase an Adrian drückte, sprang plötzlich mit seinen Vorderpfoten auf Adrians Beine und leckte dem jungen Mann durch das Gesicht.

"Melek, hör auf", rief Ayse erschrocken. Auf türkisch fügte sie hinzu: „Ne oluyor, melekcik?", was soviel hieß wie: ‚was ist los, Engelchen?'.

Adrian aber saß nahezu regungslos da und ließ dies mit sich geschehen, was seiner Freundin urplötzlich einen großen Schrecken einjagte. Schließlich war es alles andere als gewöhnlich, dass Adrian sich ein solches Verhalten eines Hundes einfach wortlos gefallen lassen würde.

"Adrian, was ist los?", wollte sie hektisch wissen.

"Ich weiß auch nicht", murmelte dieser leise. „Mir geht`s nicht gut."

"Das ist doch nicht normal. Ich rufe einen Arzt", sagte Nathalie besorgt, was ihr Partner jedoch nicht kommentierte.

Nachdem die junge Frau noch mehrfach gefragt hatte, was genau los sei, jedoch keine zufriedenstellende Antwort erhielt, wählte sie schon kurze Zeit später die Nummer der Feuerwehr, um einen Rettungswagen anzufordern. Denn Adrian wirkte weiterhin abwesend und der vierbeinige Besucher leckte ihm immer wieder durch das Gesicht, als wolle er sagen: „los, du musst unbedingt aufstehen."

Etwa zehn Minuten später, die Nathalie wie Stunden vorgekommen waren, trafen die Sanitäter ein, die Adrian dann kurze Zeit danach zu einer Fahrt in das nächstgelegene Krankenhaus abtransportierten. Die beiden Freundinnen folgten dem Krankenwagen, um dann eine gefühlte Ewigkeit auf den unbequemen Stühlen eines Klinikflures zu warten. Ayses Hund teilte das gleiche Schicksal, jedoch im hinteren Teil ihres Autos.

"Ihrem Freund geht es wieder soweit gut. Wir vermuten, dass

er kurz vor einem epileptischen Anfall stand", sagte ein mit weißem Kittel bekleideter Facharzt zwei Stunden später zu Nathalie. „Da hat er richtig Glück gehabt, dass sie vorher gemerkt haben, dass etwas nicht mit ihm stimmt. Das kommt sehr, sehr selten vor. So konnten wir noch das schlimmste verhindern. Ansonsten hätte das wirklich böse Folgen für ihn haben können."

"Einen epileptischen Anfall?", fragte die junge Dame völlig überrascht und wohl wissend, dass nicht sie, sondern der Hund ihrer Freundin bemerkt hatte, dass etwas mit Adrian nicht stimmte.

"Ja. Normalerweise senden die zwanzig Milliarden Nervenzellen im Gehirn zwanzig bis dreißig Stromstöße pro Sekunde, um sich mit anderen Nervenzellen auszutauschen", erklärte der Neurologe. „Bei Epileptikern gibt es zahlreiche Nervenzellen, die plötzlich nicht dreißig, sondern achthundert Stromstöße in einer Sekunde absenden. Dann kommt es meist zu krampfartigen Anfällen, die verheerende Folgen haben und im schlimmsten Fall sogar tödlich enden können."

Nathalie drehte sich zu Ayse herum und sagte: „dann hat Melek ihm womöglich das Leben gerettet."

In den folgenden Wochen ließ Adrian zahlreiche Untersuchungen über sich ergehen. Zwar ging es ihm wieder gut, aber der Klinikarzt hatte ihm eindringlich zu weiterführenden neurologischen Untersuchungen und einer medikamentösen Behandlung geraten.

"Jeder Zehnte hat in seinem Leben mal einen epileptischen Anfall. Meist ist das nicht dramatisch und wird auch gar nicht als solcher erkannt. Dann zuckt nur mal die Hand oder so", erfuhr er von einem Hirnfacharzt. „Bei ihnen handelt es sich aber leider tatsächlich um eine ernstzunehmende Epilepsie."

Diese erschreckende Diagnose hatte Adrian fortan recht stark verändert. Aus dem provokanten Zyniker war urplötzlich ein nachdenklicher Mensch geworden, der aber gleichzeitig eine positivere Lebenseinstellung entwickelte. Die Ärzte hatten seine Krankheit durch Medikamente recht gut im Griff. Dennoch erlitt er fortan alle vier bis acht Wochen einen schweren Epilepsie-Anfall. Diese kündigten sich meist zuvor nicht an und gingen dann mit schweren Verkrampfungen einher, die er selbst nicht beeinflussen konnte und bei denen oft die Gefahr bestand, dass er sich anderweitige Verletzungen hätte zufügen können. Dies führte sogar schon in seinen jungen Jahren dazu, dass er als schwerbehindert eingestuft wurde.

"Mein Arzt sagte, ich solle mal über die Möglichkeit nachdenken, mir einen Behinderten-Begleithund anzuschaffen", sagte Adrian eines Abends zu Nathalie und deren Freundin Ayse, während er ihren Hund streichelte. „Er sagte, es gäbe Hunde, die können Epileptiker zum Teil schon frühzeitig vor einem Anfall warnen."

"Ja, so wie der Drecksköter, den du gerade streichelst, gell?", sagte Nathalie sarkastisch grinsend.

Adrian, dem diese Anspielung sichtlich peinlich war, nahm den Kopf des Hundes zwischen beide Hände, schaute ihm in die Augen und sagte: „es tut mir leid, Melek. Ich habe dir echt unrecht getan. Womöglich hast du mir das Leben gerettet."

Dann schaute er zu seiner Freundin und sagte: „ich glaub, ich schaffe mir so einen Hund an. Was meinst du, Schatz?"

Mit einem Blick zu Ayse fügte er provokant lächelnd hinzu: „aber der kriegt dann einen deutschen Namen."

"Weißt du eigentlich, was Melek heißt?", wollte die Deutsch-Türkin von ihm wissen.

"Nein, was? Lebensretter?", fragte Adrian interessiert.

"So ähnlich", antwortete sie grinsend. „Schau halt mal ins Wörterbuch, du Schlaumeier."

Gastfreundschaft

Im Fernseher lief eine Doku-Soup, in der ein knapp vor dem Rentenalter stehender Sozialpädagoge den Versuch unternahm, ein hoch verschuldetes Ehepaar vor der Privatinsolvenz zu retten. Seit einer Werbepause waren jedoch nur noch die bewegten Bilder zu sehen, den Ton hatte Eric stumm geschaltet, als seine Freundin ein ernsthaftes Gespräch mit ihm begonnen hatte.

"Das ist doch völlig unwesentlich", sagte er zu seiner langjährigen Partnerin. „Ich habe für so was einfach keine Zeit. Ich hab echt Wichtigeres zu tun."

"Für so was?", fauchte Dagmar ihn empört an. „Meine Freundin ist für dich ‚so was'?"

"Ach, du weißt genau, wie ich das meine. Ihre Probleme sind unwesentlich. Es tut mir ja leid, dass ihr der Kerl weggerannt ist. Aber er wird schon seine Gründe haben. Und deshalb muss sie uns hier nicht gleich eine Woche auf der Pelle hocken."

„Es geht ihr halt nicht gut. Und da bin ich nun mal für sie da. Sie muss mal da raus, um den Kopf frei zu kriegen. Das ist in deren gemeinsamen Wohnung halt schwer."

"Meine Weiterbildung ist auch schwer. Ich brauche meine Ruhe, um zu lernen. Und du weißt genau, wie bescheiden es um unsere Finanzen steht. Sorry, aber da ist es nun mal wichtiger, dass ich die Prüfung schaffe, damit anschließend mehr Kohle rein kommt."

„Na toll", schmollte Dagmar beleidigt. „Wenn meine beste Freundin Kummer hat ist das unwichtig und unwesentlich. Wichtig bist natürlich nur du."

"So isses", bestätigte Erik zynisch und blickte zum TV-Bild.

Dagmar blieb eine Weile ruhig, setzte die Diskussion etwas später jedoch auf ähnliche Weise fort. Sie erachtete es als selbstverständlich, für ihre Freundin da zu sein, während es dieser nicht gut ging. Dennoch konnte sich ihr Partner im Laufe dieses Abends mal wieder durchsetzen. Mit seiner redegewandten Rhetorik schaffte er es in solchen Situationen immer wieder, Dagmar von seinem Standpunkt zu überzeugen. So auch diesmal.

Und so erklärte die junge Frau schon am nächsten Tag ihrer Freundin, dass es ihr nicht möglich sei, sie für einige Tage zu beherbergen.

"Schade, ich hatte mich so gefreut", flüsterte Vanessa traurig in den Telefonhörer.

"Ja, ich weiß", entgegnete Dagmar, „aber Eric muss derzeit viel für seine Prüfung lernen."

Vanessa, die bis zu diesem Tage Dagmars beste Freundin war, war sich dieser Freundschaft plötzlich nicht mehr so sicher. Dagmar wusste ganz genau, dass Vanessa nach der Trennung ihres Freundes die Hölle auf Erden durchlitt und wie wichtig es für sie gewesen wäre, dieser Hölle zu entfliehen, bis ihr Ex-Partner aus der gemeinsamen Wohnung ausgezogen sein würde – zumindest aber für ein paar Tage.

"Tja, so ist das mit den sogenannten besten Freunden", dachte Vanessa. „Wenn sie wirklich mal wichtig wären, dann sind ihnen andere Dinge wichtiger."

In den folgenden Tagen telefonierte Dagmar weiterhin regelmäßig mit ihrer liebeskummergeplagten Freundin. Jedoch bemerkte sie dabei auch eine gewisse emotionale Distanz, die zuvor nie zu verspüren war. Natürlich konnte Dagmar sich denken, dass Vanessa enttäuscht von ihr war. Und irgendwie hatte sie auch ein schlechtes Gewissen.

Aber sie steckte in einer Zwickmühle: einerseits hätte sie gerne ihre Freundin unter-stützt, andererseits wollte sie nicht die Schuld daran tragen, dass ihr Partner dadurch womöglich die Prüfung seiner beruflichen Weiterbildung nicht schaffen würde. Je mehr sie nachdachte, um so verzweifelter war sie ob dieser Situation.

"Hallo? Du wirst doch wohl Sonntagsmorgens nicht Staub saugen wollen", fuhr Eric sie einige Tage später erbost an.

"Hä? Wieso denn nicht? Ich mache immer am Wochenende sauber, wie du inzwischen wissen dürftest. Du tust es ja nicht", entgegnete sie erzürnt.

"Ich muss heute lernen. Das stört", erklärte Eric unmissverständlich.

"Oh, entschuldige bitte vielmals", sagte Dagmar sarkastisch. „Ich vergaß in meinem Leichtsinn, dass ich den Pascha bei Wichtigerem stören könnte. Ich bitte untertänigst um Verzeihung. Soll ich mich vielleicht in Luft auflösen?"

"Von mir aus", antwortete der genervte junge Mann, bevor er wieder in seinem Arbeitszimmer verschwand.

Wütend knallte Dagmar das Staubsaugerrohr auf den Boden, griff nach ihrer Handtasche, um dann die Wohnungstür noch lauter zu knallen – von außen, versteht sich.

So war sie nun an einem Sonntagvormittag zu Fuß unterwegs und hatte keine Idee, wohin sie um diese Zeit hätte gehen können. Aus einer Art Reflex heraus war ihr lediglich wichtig gewesen, die Wohnung zu verlassen. Nachdem sie einige Minuten voller Wut und Traurigkeit spazieren gegangen war, kam sie an einer Kirche vorbei, die sie seit vielen Jahren nicht mehr betreten hatte. Ohne nachzudenken betrat sie diese Kirche, in der sich bereits einige andere, meist ältere, Menschen versammelt hatten. Sie setzte sich auf eine der kahlen Holzbänke und beschloss, endlich mal wieder einem Gottesdienst beizuwohnen.

Die dann folgenden Worte des Pfarrers nahm sie nur beiläufig wahr. Sie dachte hauptsächlich über die vielen Streitigkeiten nach, die sie in der letzten Zeit mit ihrem Freund gehabt hatte. Und auch das Verhalten gegenüber ihrer Freundin wollte ihr nicht so recht aus dem Kopf gehen. Nach einiger Zeit beschloss sie dann, dass es keinen Sinn für sie machte, zu viel zu grübeln und dass sie ihrer Freundin eh nicht wirklich würde helfen können.

Sie hob ihren Blick und lauschte wieder den Worten des Pfarrers, die in diesem Moment sagten: „Und so heißt es in Hebräer dreizehn, Vers zwei: vergesst die Gastfreundschaft nicht. Denn durch sie haben einige, ohne es zu ahnen, Engel beherbergt." Die junge Dame bekam urplötzlich eine Gänsehaut.

"Vergesst die Gastfreundschaft nicht. Denn durch sie haben einige, ohne es zu ahnen, Engel beherbergt", wiederholte sie in Gedanken.

Unter den verächtlichen Blicken einiger Kirchenbesucher sprang Dagmar auf und verließ das Gotteshaus eiligen Schrittes.

"Sie war immer für mich da. Und wenn sie mich mal braucht, darf sie nicht bei mir wohnen", murmelte sie vor sich hin. „Dabei würde ich einen Engel beherbergen."

Vor der Kirche wühlte sie ein Handy aus ihrer Handtasche, um dann umgehend ihre Freundin Vanessa zu kontaktieren. Anschließend rauschte sie, wie mit wehenden Fahnen, wieder in ihre Wohnung ein.

Sie riss die Tür des Arbeitszimmers auf und sagte: "Eric, lass dich nicht stören. Ich wollte dir nur kurz sagen, dass Vanessa in einer Stunde hier ist. Und sie wird bleiben, so lange sie will."

"Spinnst du jetzt?", wollte der überraschte Mann entsetzt wissen.

"Ach, und übrigens kannst du dich in Zukunft gerne mit Vanessas Ex zusammentun. Unsere Beziehung ist nun nämlich ebenfalls beendet", schob Dagmar energisch hinterher.

"Wie bitte?", schrie ihr bisheriger Partner. „Du hast sie doch nicht mehr alle! Hat Vanessa dir diesen Floh ins Ohr gesetzt? Ist sie dir jetzt wichtiger, als unsere Beziehung?"

"Nein", antwortete die junge Frau selbstbewusst. „Ich konzentriere mich lediglich auf das Wesentliche. Und schließlich bist du es ganz alleine, der sich für wahnsinnig wichtig hält."

"Meine Prüfung ist ja wohl auch wichtiger, als irgend so ein unwesentlicher Beziehungsstress deiner Freundin", entgegnete Eric.

Nach einigen Sekunden Stille sagte Dagmar mit ruhigem Ton: „lern du ruhig weiter für deine Prüfung. Aber ich sage dir jetzt mal was, woraus du für dein künftiges Leben mehr lernen kannst, als aus all deinen Büchern: wer sich für zu wichtig hält, um sich mit unwesentlichen Dingen zu beschäftigen, der ist für die wesentlichen Dinge zu unwichtig."

Dagmar hatte ihren Entschluss gefasst. Sie hatte die Beziehung mit Eric unwiderruflich beendet. Nicht, weil ihr die Beziehung unwichtig war, sondern weil eine Beziehung, ebenso wie eine Freundschaft, für sie zu den wesentlichen Dingen zählte. Und da Eric sich für zu wichtig hielt, sich mit Unwesentlichem zu beschäftigen, war er ihr für das Wesentliche zu unwichtig geworden. Und da sie die Gastfreundschaft nicht vergaß, beherbergte sie für die nächsten Wochen, ohne es zu ahnen, einen Engel. Und beide halfen sich gegenseitig über ihren Trennungsschmerz hinweg, zumal dieser sehr schnell ziemlich unwesentlich geworden war.

Jugendliebe

Immer wieder blickte Ina verstohlen zu Manuel, der ihr an den in Hufeisenform aufgestellten Tischen im Klassenraum gegenüber saß. Auf keinen Fall aber sollte er bemerken, dass sie ihn ansah. Wenn die Gefahr groß erschien, dass er sich von ihr hätte beobachtet gefühlt, blickte sie stattdessen auf ihre Turnschuhe, um seinen Namen zu lesen, den sie selbst darauf geschrieben hatte.

Der zwölfjährige Manuel wusste sehr wohl, dass seine gleichaltrige Klassenkameradin in ihn verliebt war. Hatte sie sich doch allen Mut zusammen genommen, und ihn über eine Freundin fragen lassen, ob er mit ihr gehen wolle. Manuel aber gehörte zu den coolen Jungs, die eine solche Frage nicht einfach mit Ja oder Nein beantwortet hätten. Er ließ dem pubertierenden Mädchen stattdessen ganz lässig ausrichten, dass sie schon selbst zu ihm kommen solle, wenn sie etwas von ihm wolle. Als Ina dann jedoch aufgeregt vor ihm stand, um ihre Frage persönlich zu wiederholen, murmelte Manuel lediglich ein kühles „Ich überleg`s mir".

Und so wartete Ina auf eine endgültige Entscheidung ihrer ersten großen Liebe. Sie träumte von einem Kuss, träumte sich in seinen Arm, himmelte ihn an und hoffte darauf, dass er endlich seine diesbezügliche Coolness ablegen würde.

In den folgenden Monaten wurde der private Kontakt zwischen den beiden immer enger. Sie telefonierten nachmittags oft stundenlang und sie schrieben sich lange Briefe. Fast hatte es sich so entwickelt, als seien sie ein Teenager-Paar. Aber das wurden sie nicht. Und irgendwann gab Ina schweren Herzens ihre Hoffnung nach und nach auf. Sie hatte gelernt, geduldig zu sein, aber jahrelanges Warten und Hoffen liegt wohl nicht in der Natur eines Teenagers. Und so verliebte sie sich irgendwann anderweitig.

Die Jahre gingen ins Land und die Beiden verloren sich schnell aus den Augen. Manuel war sitzen geblieben und verließ die Schulklasse, später sogar die Schule. Und auch, wenn die erste große Liebe niemals ganz vergessen geht, so war Manuel irgendwann in Inas Gedanken nicht mehr präsent. Aus dem Teenie wurde eine Frau. Eine Frau, die im Beruflichen, aber vor allem im Privaten nicht nur mit Höhen, sondern auch mit vielen Tiefen des Lebens umzugehen lernen musste. In ihrem Herzen war sie stets wie ein fröhliches Kind geblieben. Aber das gleiche Herz hatte viele Verwundungen und Narben zu verarbeiten. Und nachdem all ihre großen Lieben gescheitert waren und ihre Seele zutiefst verletzt hatten, war sie zu einer höchst verletzlichen, inzwischen 40-jährigen, Frau geworden. Sie hatte nie verlernt, die schönen Seiten des Lebens zu genießen, wohl aber, ihre eigenen schönen Seiten zu sehen. Verflossene Partner hatten sie auf sehr verletzliche Weise dazu gebracht, von sich selbst zu glauben, nicht liebenswert zu sein, nicht geliebt werden zu können und körperliche Nähe zu einem liebenden Mann nie wieder spüren zu können. Und so war sie dabei, sich damit abzufinden, den Rest ihres Lebens ohne festen Partner bleiben zu müssen.

Dennoch erfreute sie sich immer wieder an den kleinen Zeichen und Wundern, die das Leben bot, wenn man nur genau genug hinsah. Aber an ein wirklich großes Wunder wagte sie nicht mehr so recht zu glauben.

Bis zu dem Tag, an dem ihre erste große Teenie-Liebe Manuel ihr eine E-Mail schickte. Zwar hatte er sie schon ein Jahr zuvor in einem dieser sogenannten sozialen Internet-Netzwerke angeschrieben, aber bis auf einen Mail-Austausch in Form eines groben Überblicks der jeweiligen Geschehnisse der letzten 25 Jahre, hatte sich nicht viel getan. Nun aber entschuldigte sich Manuel nach sage und schreibe 28 Jahren für sein da-

54

maliges Verhalten als Zwölfjähriger. Ina war beeindruckt und zutiefst gerührt zugleich. Sie las die Mail eines offensichtlich sehr gereiften Mannes, der ein Fehlverhalten seiner Kinderzeit rekapitulierte und sich tatsächlich nach so langer Zeit dafür entschuldigte. So etwas hatte sie noch nie erlebt und hätte sie auch niemals für möglich gehalten.

Und so entstand binnen kürzester Zeit ein sehr reger Austausch zwischen den beiden. Sie schrieben sich und telefonierten stundenlang miteinander. Fast so, wie ein Vierteljahrhundert zuvor – nur mit noch viel mehr Tiefgang und Reife. Und so war Ina in kürzester Zeit wieder unsterblich in den Mann verliebt, der auch schon der aller erste gewesen war, in den sie unsterblich verliebt war. Plötzlich geschahen so viele Zeichen und Wunder. Es war, als hätten die Engel das Band niemals zerschnitten, das zwischen den beiden war. Und als hätten sie nach all der Zeit nun plötzlich ruckartig an diesem unsichtbaren Band gezogen, um sie wieder zusammenzuführen.

Aber irgendwie schien sich die Geschichte auch auf eine gewisse Art zu wiederholen. Wieder gestand sie ihrem Traummann, was sie für ihn empfand. Und wieder erwiderte er diese Gefühle nur sehr zögerlich und vorsichtig. Und wieder schien er viel Zeit zu brauchen, um seine Angst zu verlieren und genügend Vertrauen aufzubauen, eine Beziehung mit ihr führen zu wollen.

Sie wusste, dass es wieder sehr schmerzhaft für sie würde enden können, wenn sie sich nun auf Nähe zu ihm und gar Körperlichkeiten einlassen würde. Sie wusste, dass die Gefahr bestand, dass er ihr jederzeit würde sagen können, dass er nicht zu einer festen Beziehung bereit war. Sie wusste, je mehr sie zulassen würde, je näher sie ihm kommen würde, umso mehr würde es schmerzen, wenn es schief gehen würde oder er nicht verbindlich werden wollte. Und dennoch lies sie sich mutig darauf ein. Denn sie sagte sich, dass es besser sei, doch wenigstens einen wunderschönen Augenblick genießen zu können, als diesen aus Angst zu verpassen. Die Schmerzen würden gar nicht so groß sein können, wie die Freude über den wunderbaren Augenblick. Und selbst, wenn sie ihren Traummann wieder verlieren würde, so hätte sie durch ihn doch zumindest den Glauben daran zurückgewonnen, liebenswert zu sein.

Und als sie dann eines Abends ein wenig verschämt und aufgeregt neben ihm lag, sagte sie zu ihm: „Ach, mein Engel, ist es nicht der Hammer? Vor fünfundzwanzig Jahren habe ich davon geträumt und nun endlich liege ich neben dir. Es ist, als hätten dich die Engel geschickt oder als seiest du selbst ein Engel."

"Weißt du", flüsterte ihr Engel, „letztendlich geht doch jetzt einfach nur ein Wunsch von vor achtundzwanzig Jahren in Erfüllung. Wenn wir Menschen nicht ständig auf die Uhr schauen würden und uns Zeit nicht so wichtig wäre, dann wäre uns gar nicht aufgefallen, wie viel Zeit dazwischen lag – Zeit, die wir brauchten, um Erfahrungen zu sammeln."

"Aber warum konntest du denn nicht einfach schon damals ‚Ja' sagen?", wollte Ina wissen. „Dann hätte ich mir eine Menge unnützen Kummer in all den Jahren ersparen können."

"Weil du auch mich dann heute als ‚unnützen Kummer' sehen würdest und nicht als deinen Engel."

56

Blind Date

Fast apathisch blickte Carina vor sich hin. Ein leises Schnaufen zerbrach die Stille. Sie blickte zu ihrer Freundin und hauchte traurig: „ich wünsche mir doch einfach nur einen Mann, der mich genau so liebt, wie ich ihn."

"Ich weiß, das willst du nicht hören", sagte Heidi selbstbewusst, „aber manchmal glaube ich, du hattest immer solche Männer, die dich genau so liebten, wie du sie."

"Bitte?!", schreckte Carina entsetzt auf. „Du weißt genau, wie die letzten Kerle waren. Die haben sich doch kaum um mich und meine Interessen gekümmert. Die haben sich nur für ihren eigenen Kram interessiert."

"Eben", erklärte ihre Freundin, „sie haben dich genau so geliebt, wie du sie. Nämlich fast gar nicht."

"Was soll das heißen?", wollte Carina erbost wissen.

"Naja, du hast es doch eigentlich gerade selbst gesagt. Sie haben sich um ihren eigenen Mist gekümmert und du hast dich um deinen Mist gekümmert. Es hat sich immer nur jeder selbst geliebt – bestenfalls. Wirklich geliebt hast du die Männer doch nicht. Du wolltest, dass sie sich dir und deinen Vorstellungen anpassen. Das ist keine Liebe. Und so hast du Männer bekommen, die dich genau so lieben, wie du sie – nämlich gar nicht."

Carina sagte nichts mehr dazu. Sie fühlte sich von ihrer Freundin auf den Schlips getreten und verraten. Sie war beleidigt, dass Heidi nun auch noch zu den Männern zu halten schien, von denen sie sich lediglich ausgenutzt und verarscht gefühlt hatte. Zwar kam ihr bei genauerem Nachdenken auch der Gedanke, dass ihre Freundin recht haben könnte, aber zugeben wollte sie dies nicht.

„Ist ja auch egal", wiegelte Carina nach eine Weile ab. „Das mit dem Wünschen funktioniert doch eh nicht."

Heidi gehörte zu den Frauen, die nach der Lektüre zahlreicher Wunsch-Bücher, in denen man vorgegaukelt bekommt, jeder Wunsch ginge in Erfüllung, wenn man nur richtig wünsche, all ihre Freundinnen davon zu überzeugen versuchte, dass man sich jeden Traum selbst herbeiwünschen könne. So hatte sie auch Carina dazu gebracht, sich beim Universum – so nannte sie die höhere göttliche Macht, an die sie ihre Wünsche in Form von Gebeten richtete - einen Mann zu wünschen, der zu ihr passe. Carina fand diese Wunsch-Vorstellung interessant und so hatte sie sich einen Mann gewünscht, der sie genau so liebt, wie sie ihn. Sicher hatte Heidi recht, dass eine solcher Wunsch, so er denn in Erfüllung geht, ziemlich blöde enden kann, wenn sie selbst den entsprechenden Mann nicht wirklich liebt.

„Du hast doch selbst schon erlebt, dass das Wünschen funktioniert", sagte Heidi. „Du musst nur eben auch richtig wünschen und dir gut überlegen, wie du deinen Wunsch formulierst."

Heidi spielte damit auf Carinas aller ersten Wunsch-Versuch an. Damals hatte sie unglaublichen Stress im Büro und schickte ein Gebet ab, in dem sie sich wünschte, dass der Stress endlich nachlasse. Dieser Wunsch ging auch prompt einen Tag später in Erfüllung, als sie von ihrem Chef dazu gedrängt wurde, einen Aufhebungsvertrag zu unterzeichnen. Der Wunsch wurde demnach wahr, der Stress ließ nach. Allerdings auf völlig andere Weise, als Carina sich dies gewünscht hätte.

"Ach, das kann auch Zufall gewesen sein", sagte Carina. Ihrer Freundin gelang es aber dennoch wieder, sie davon zu überzeugen, nicht zu verzagen. Gemeinsam überlegten sich die beiden Frauen einen Wunsch, nach einem neuen, zu Carina passenden, Mann. Noch am gleichen Abend formulierte Carina im Bett liegend diesen Wunsch in Form eines neuerlichen Gebetes, das sie an das Universum schickte.

Anschließend griff sie nach dem Buch, das sie gerade las, um vor dem Schlafen eine weitere Kurzgeschichte daraus zu lesen. Auch dieses Buch mit dem Titel ‚Flügelschlag der Engel' hatte sie von ihrer Freundin Heidi geschenkt bekommen. Darin ging es nicht um Wünsche, sondern vielmehr wurde in kleinen Geschichten beschrieben, dass alles Negative auch immer etwas Positives mit sich bringt.

"Wenn du etwas haben willst, was du noch nie hattest, musst du etwas tun, was du noch nie getan hast", las Carina einen Satz aus diesem Buch laut vor sich hin, um gleichzeitig darüber nachzudenken.

"Das ist es", dachte sie plötzlich. „Es bringt nichts, hier zu sitzen und zu warten, bis ein Mann kommt. Ich muss etwas dafür tun. Und es muss etwas anderes sein, als ich sonst gemacht habe. Nur dann kann auch eine andere Art Mann in mein Leben treten, als es sonst der Fall war."

Und so beschloss sie, dass sie am nächsten Tag zum ersten Mal in ihrem Leben eine Zeitungsanzeige in der Rubrik ‚Frau sucht Mann' aufgeben wolle.

Gedacht, getan. Schon kurze Zeit nach ihrer Zeitungsannonce erhielt sie zahlreiche Zuschriften von Männern, die ihre Bekanntschaft machen wollten. Die meisten von ihnen konnte sie sehr schnell als uninteressant aussortieren. Bei einigen war ihr der Altersunterschied von vornherein zu groß, bei anderen hatte sie das Gefühl, dass sie es lediglich auf eine rein sexuelle Affäre anlegten und wieder andere hatten einen Schreibstil, der nach ihrem Dafürhalten auf ein sehr geringes intellektuelles Niveau schließen lies. Letztendlich blieben von fast drei Dutzend Bewerbern nur zwei in der engeren Auswahl. Und so fasste sie allen Mut zusammen, um mit Justus, der einen sehr stilvollen, persönlichen und geradezu romantisch klingenden Brief geschrieben hatte, zu telefonieren.

Und auch bei dem Telefonat klang dieser Herr sehr angenehm und es schien, als würde sie mit ihm auf einer Wellenlänge sein. Die Vorstellungen, die er nach seinen Aussagen von einer Partnerschaft hatte, deckten sich recht gut mit den ihren. Und was die beiden verband, waren viele negative Erfahrungen und eine daraus resultierende Vorsicht, sich auf einen Menschen des anderen Geschlechts tiefgreifend einzulassen. Nachdem das erste Telefongespräch schon fast zwei Stunden gedauert hatte, sprachen sie auch in den nächsten Tagen noch mehrfach telefonisch miteinander, bis sie gemeinsam beschlossen, sich persönlich zu sehen. Zwar wusste Carina schon in etwa, wie Justus aussah, da er in seinem Brief ein Foto mitgeschickt hatte, aber die beiden waren sich darin einig, dass sie nur durch ein persönliches Treffen wirklich würden herausfinden können, ob die viel zitierte Chemie zwischen ihnen stimme.

So fand sich Carina an einem Freitag Abend in einem großräumigen, aber gemütlichen Café ein, um sich dort mit ihrer neuen Bekanntschaft zu treffen. Gerade einmal eine Minute hatte sie in der gut besuchten Gaststätte gesessen, als ein glatzköpfiger Mann an ihren Tisch trat und freundlich lächelnd fragte: „ist hier noch frei?"
Carina war überrascht über das äußere Erscheinungsbild, da der Herr auf dem mitgeschickten Foto noch Haare trug. Sie erwiderte jedoch sein Lächeln und sagte: „ja, klar doch."

Der Mann setzte sich und zog erst dann seine Jacke aus, wobei er sich etwas ungeschickt anstellte. Nachdem er die Jacke über die Lehne seines Stuhls gehängt hatte, sagte Carina: „sorry, ich bin etwas verdutzt. Auf dem Foto hattest du noch keine Glatze."
Der Mann schaute nun mindestens so verdutzt, wie Carina es von sich selbst beschrieben hatte.
"Wie, auf dem Foto hatte ich keine Glatze?", sagte er überrascht lächelnd mit fragend hochgezogenen Augenbrauen. „Auf welchem Foto?"
Erschrocken riss Carina zugleich die Augen und den Mund auf. „Ähm, äh, bist du denn nicht Justus?"

60

Der kahlköpfige Herr lachte. "Nein, Entschuldigung. Mein Name ist Anjo."

„Oh, wie peinlich. Sorry", stammelte Carina, der diese Situation merklich unangenehm war.

Da Carina einen Mann erwartete, von dem sie offensichtlich nur den Namen, nicht aber sein Äußeres kannte, konnte sich der unbekannte Mann denken, dass sie auf ein Blind Date wartete. Da er recht aufgeweckt und redegewandt war, scheute er nicht davor, Carina auf diese Tatsache anzusprechen. So kamen die beiden ins Gespräch und Anjo machte auch nicht davor halt, seiner Tischnachbarin offen seine Meinung über Partnerschaftsanzeigen und Blind Dates kund zu tun.

"Na, dann verschwinde ich mal wieder", sagte er. „Ich möchte dich nicht von deinem Treffen abhalten oder deinen Bekannten verschrecken. Aber ganz ehrlich: ich halte solche Treffen mit wildfremden Menschen, um sich für eine Partnerschaft kennen zu lernen, für völligen Unsinn."

"So?", kommentierte Carina nur knapp, da sie sich ein wenig angepiekst fragte, was ihr Dating-Verhalten diesen Typen anginge.

"Man kann sich einen Partner doch weder wie in einem Katalog aussuchen, noch kann man sich den Passenden wünschen", erklärte Anjo weiter. „Wenn sich die zwei richtigen Menschen begegnen sollen, dann begegnen sie sich. Oder eben nicht."

„Schon klar", entgegnete Carina dem Mann mit dem glänzenden Kopf, den sie nun für einen besserwissenden Einmischer hielt. „Aber wenn er der richtige ist, dann soll er mir vielleicht gerade auf diese Weise begegnen. Wie, wo und warum man sich begegnet, ist doch egal."

"Grundsätzlich gebe ich dir recht", sagte der fremde Herr. „Aber in diesem Fall sehe ich das ein bisschen anders. Denn du hast bewusst nach einem neuen Partner gesucht. Und das ist kein gutes Zeichen."

"Warum?"

"Wer bewusst nach einem neuen Partner sucht, der zeigt damit, dass er alleine unglücklich ist."

"Na und?", sagte Carina leicht genervt. „Was ist denn so schlimm daran, zu zeigen, dass man alleine unglücklich ist?"

"Es ist nicht schlimm, das zu zeigen. Schlimm ist, dass es so ist."

„Klar ist es schlimm, alleine und unglücklich zu sein. Deshalb suche ich ja einen Partner", erklärte die dunkelhaarige Frau.

"Darf ich dir, bevor ich gehe, schnell noch eine gut gemeinte Weisheit mit auf den Weg geben?", fragte Anjo dann freundlich.

"Ja?", sagte Carina neugierig fragend.

Der Mann schaute sich kurz um, beugte sich dann leicht nach vorne und sagte leise: "Solange du unglücklich bist, weil du alleine bist, kannst du niemals einen Mann finden, mit dem du glücklich wirst."

„Hä? Dann würde nie jemand mit einem Partner glücklich werden", entgegnete Carina. „Die meisten Singles sind unglücklich, weil sie alleine sind. Aber genau deshalb suchen sie sich ja einen neuen Partner, um das zu ändern."

"Ja, und das ist der Fehler. Sie werden zwar einen neuen Partner finden, aber nur die wenigsten von ihnen, werden mit dem neuen Partner dauerhaft glücklich sein. Die meisten von ihnen werden recht schnell wieder Single sein. Und weißt du auch, warum?"

"Warum?"

"Weil man niemals bloß durch einen anderen Menschen glücklich werden kann. Es gibt keinen Menschen auf diesem Planeten, egal ob Frau oder Mann, der dir für immer das große Glück bescheren kann. Ob du glücklich bist oder nicht, hängt in erster Linie von dir selbst ab. Nur, wenn du es schaffst, auch ganz alleine ohne Partner glücklich zu sein, wird es dir auch möglich sein, mit einem Partner glücklich zu sein."

Carina wirkte nun tatsächlich nachdenklich. Ihr wurde schnell klar, dass der Mann recht hatte. Sie war ob ihrer Einsamkeit unglücklich. Sie war auch unglücklich, dass ihre Ex-Partner sie nicht liebten. Aber vielleicht hatten diese sie auch bloß nicht geliebt, weil sie unglücklich war. Sie war wegen ihres Unglücks weder selbst in der Lage, andere glücklich zu machen, noch von anderen dauerhaft glücklich gemacht zu werden.

Sie dachte nun plötzlich sehr viel nach. Zahlreiche Gedanken schossen ihr durch den Kopf. Vielleicht musste sie tatsächlich erst lernen, auch alleine, ohne einen Partner an ihrer Seite, das Leben zu genießen und glücklich zu sein. Wenn ihr das gelänge, wäre sie soweit, ihr Glück auch mit einem Mann zu teilen. Und dann würde sie erst das wirklich große Glück erfahren können.

Nun, da ihr die Ausführungen des fremden Mannes einzuleuchten schienen, sagte sie zu ihm: „Da ist sicher was dran. Ich werde mir deine Weisheit merken und versuchen, sie umzusetzen."

"Das freut mich", sagte der Herr, während er aufstand, um seine Jacke anzuziehen.

"Sehen wir uns mal wieder?", fragte Carina mutig, da sie nun fast traurig war, dass nicht dieser Mann ihr Blind Date war.

"Natürlich, wir sehen uns", sagte der Glatzkopf. Dann verabschiedete er sich und ging.

"Aber", rief Carina ihm nach, „aber wie finde ich dich denn?" Der Mann lachte, drehte nochmals um und kam zurück zu Carinas Tisch. Dann sagte er lächelnd: „das mit dem Umsetzen der Weisheit musst du aber noch ein wenig üben. Du wirst mich nicht finden, denn du solltest nicht nach mir suchen. Wir stellten doch eben schon fest: wenn sich die zwei richtigen Menschen begegnen sollen, dann begegnen sie sich auch. Naja, und wenn nicht, dann eben nicht. Macht ja nichts, wenn du gelernt hast, auch alleine glücklich sein zu können."

Mit strahlenden Augen himmelte Carina nun diesen noch fast fremden Mann an, als wenn sie sich gerade verliebt hätte.

"Bist du denn der richtige Mensch?", wollte sie verträumt wissen?

„Geduld, meine Liebe. Du wirst es irgendwann wissen", sagte Anjo beruhigend, bevor er dann endgültig das Lokal verließ.

"Hallo, du musst Carina sein; ich bin Justus", sagte wenige Sekunden später eine Männerstimme.

"Oh, achja, äh, hallo Justus", stammelte Carina erschrocken. „Du, sei nicht böse, aber ich glaube, ich möchte dich jetzt doch nicht näher kennen lernen. Also zumindest nicht für eine Partnerschaft."

"Was? Warum das denn?", wollte der Mann überrascht wissen.

"Weil ich erst mal lernen muss, alleine glücklich zu sein, bevor ich mit einem Mann glücklich sein kann."

Dann ließ sie für einen Moment ihren Blick durch den Raum schweifen und flüsterte leise vor sich hin: „obwohl, so ganz alleine ist man ja nie. Offensichtlich ist ja immer ein weiser Engel in der Nähe, wenn man ihn braucht."

Ansichtssache

Justus wirkte ziemlich genervt, während er mit seinem besten Freund telefonierte.

"Ich hab echt die Schnauze voll von den Weibern", raunzte er in den Hörer. „Die letzte, mit der ich mich getroffen habe, hat erst ein paar mal stundenlang mit mir telefoniert und hat mir riesiges Interesse vorgeheuchelt, um mir dann beim ersten Treffen sofort mitzuteilen, dass sie mich nun doch nicht für eine

Partnerschaft kennen lernen will."

"Super", kommentierte sein Freund Sebastian diese Ausführungen auf der anderen Seite der Telefonverbindung. „Und da heißt es immer, wir Männer seien die Schweine."

"Ja", bestätigte Justus, „Frauen sind doch keinen Deut besser, als wir Männer. Es gibt ebenso viele Frauen wie Männer, die ihre Partner betrügen. Oder genau so viele Frauen wie Männer, die ihrem Partner die große Liebe vorgaukeln, während sie sich längst für einen anderen interessieren."

"Ja, und überleg mal, wie oft wir uns schon von Frauen verarscht, hintergangen und ausgenutzt gefühlt haben", stimmte Justus` bester Freund zu.

"Ich mache das nicht mehr mit", erklärte Justus selbstsicher. „Ich habe keinen Bock mehr auf solche Partnerschaften, in denen ich mir den Arsch für eine Frau aufreiße, um hinterher gesagt zu bekommen, dass ich nicht genug für sie getan habe. Ich werde mir jetzt nur noch Frauen fürs Bett suchen. Eine feste Partnerschaft tut eh immer irgendwann weh."

Dieses frauenfeindlich klingende Telefonat, das letztendlich nur die Enttäuschung dieser beiden Männer wiedergab und sicher auch von Frauen ähnlich hätte geführt werden können, ging noch eine ganze Weile auf ähnliche Weise weiter. Letztendlich gelangten die beiden Freunde zu der Erkenntnis, dass Männer und Frauen eigentlich gar nicht zueinander passen und sich letztlich eh irgendwann nur gegenseitige Vorwürfe machen.

Und so meinte Justus seinen Entschluss, sich künftig nur noch auf sexuelle Abenteuer, nicht aber auf feste Beziehungen einzulassen, nicht nur ernst, sondern lebte diesen fortan auch konsequent aus. Er schrieb weiterhin alleinstehende Frauen im Internet an oder reagierte auf entsprechende Zeitungsanzeigen, traf sich aber nur noch unter dem Vorsatz mit ihnen, keine wirklichen Gefühle zulassen zu wollen. Es waren mehrere Frauen, mit denen er sich in den folgenden Monaten traf und mit denen er mitunter auch sexuelle Affären einging. Meist hielten diese Sex-Beziehungen jedoch nicht lange an, weil die Frauen, mit denen er sich vergnügte, weit mehr wollten, als nur eine sexuelle Spielerei. In der Regel hatten es die Damen, mit denen er sich traf, auf eine feste Beziehung abgesehen. Zwar sagte Justus ihnen stets ehrlich, dass er nur etwas Lockeres suche und keine Frau zum Heiraten, jedoch hatten die Frauen dies meist eher so verstanden, dass er lediglich Zeit brauche, bis er zu einer festen und verbindlichen Partnerschaft bereit sei. Wenn sie dann nach einer bestimmten Zeit realisierten, dass es Justus lediglich um Sex oder den einen oder anderen schönen Abend ging, fühlten sich die Damen ausgenutzt oder sogar benutzt. Schnell beendeten sie dann das Techtelmechtel, um nicht weiter nur ein ungeliebtes Sexobjekt zu sein.

Nicht selten telefonierten diese Frauen dann mit ihren besten Freundinnen und sprachen ganz ähnlich über die Männer, wie Justus noch einige Monate zuvor mit seinem Freund Sebastian über die Frauen sprach. Immer wieder war in solchen Gesprächen von Ausnutzen, Hintergehen und verarschen die Rede. So sorgte Justus, der sich selbst einst von der Damenwelt verarscht fühlte, nun dafür, dass es zahlreichen Frauen mit und durch ihn genauso ging. Wenn sie ihm dies vorwarfen, war er sich keine Schuld bewusst:
"Ich habe dir von Anfang an gesagt, dass ich nur was lockeres will", war dann eine seiner möglichen Reaktionen. Gerne versuchte er dann der entsprechenden Dame auch klar zu machen, dass er sie in keiner Weise sexuell ausgenutzt hatte. Schließlich hatte er damit auch recht, denn vergewaltigt hatte er die Frauen schließlich nicht. Solange es auch für die Frau schön und angenehm war, mit Justus zu schlafen, hatte er sie aus seiner Sicht nicht ausgenutzt. Schließlich wollten beide den Sex und beide hatten etwas davon.

Rein sachlich betrachtet, hatte Justus mit dieser Aussage völlig recht. Wenn zwei Menschen gemeinsam etwas tun, was beide gerne und freiwillig tun, kann man nicht davon sprechen, dass einer den Anderen ausnutzt. Und trotzdem sahen die Frauen, mit denen Justus bloß eine reine Sex-Beziehung wollte, dies aus ihrer eigenen subjektiven Sicht ganz anders. Genauso, wie Justus es noch einige Monate zuvor ganz anders sah als die Frauen, die ihn aus seiner Sicht bloß verarscht hatten.

Es ist nun mal so, dass verschiedene Blickwinkel auf eine Sache völlig unterschiedliche Betrachtungsweisen zulassen. So kann es sein, dass ich beim Blick aus meinem Wohnzimmerfenster eine großes Wiese mit einem wunderschönen Baum sehe. Mein Nachbar aber, dessen Wohnzimmerfenster in die gleiche Richtung zeigt, erzählt mir von der Schafherde, die man beim Blick aus dem Fenster sieht. Ich werde ihm widersprechen, da ich auf der Wiese noch nie eine Schafherde sah. Dabei kann ich die Schafe aber vielleicht nur deshalb nicht sehen, weil sie von dem schönen Baum verdeckt werden. Mein Nachbar wiederum kann aus seinem Fenster den Baum nicht sehen. Wir nehmen völlig unterschiedliche Dinge war, obwohl wir doch auf die gleiche Wiese blicken. Und so ist das auch mit den unterschiedlichen Betrachtungsweisen in einer zwischenmenschlichen Beziehung. Justus fühlte sich einst von Frauen verarscht, die ihn aus ihrer Sicht niemals verarschen wollten. Nun fühlten sich mehrere Frauen von Justus hintergangen, obgleich doch aus seiner Sicht klar war, dass sie nur eine rein sexuelle Beziehung führen würden. So haben beide Seiten auf ihre Weise Recht und auch Unrecht.

Tragisch daran war aber, dass es unter den Frauen, die sich von Justus ausgenutzt fühlten, auch einige gab, die darauf ähnlich reagierten, wie er es einst tat. Sie hatten, ebenso wie Justus, keine Lust mehr, sich von den Partnern lediglich ausnutzen zu lassen und beschlossen ebenso, sich auf keine festen Beziehungen mehr einzulassen. Und so gingen sie ihrerseits fortan mit Männern ins Bett, die nicht wussten oder kapierten, dass es sich nur um ein sexuelles Abenteuer handeln sollte. Diese Männer wurden dann wiederum von den Frauen enttäuscht, die vormals selbst von Justus enttäuscht wurden. Und im Laufe von Jahren, gab es Frauen, die von Männern enttäuscht wurden, die von Frauen enttäuscht wurden, die Mal von Justus enttäuscht wurden. Es war wie bei einem Stammbaum. Die Verzweigungen der Menschen, die andere Menschen verletzten, nur weil sie selbst mal verletzt wurden, wurde immer größer und unübersichtlicher. Letztendlich ließ sich nur noch festhalten, dass sehr viele Frauen und Männer einen gewissen Knacks abbekommen hatten, weil sie in der Liebe enttäuscht wurden. Und nur die wenigsten von ihnen ahnten, dass sie dadurch, ohne es zu wollen, anderen Menschen das gleiche Leid zufügten.

Mittlerweile wahren mehrere Jahre vergangen, seit Justus seinen Beschluss fasste und auch auslebte, nur noch lockere Sex-Beziehungen zu führen. Er traf sich abends regelmäßig mit Daria, die ähnlich tickte wie er, es also lediglich auf Sex mit ihm abgesehen hatte, ansonsten aber keinerlei Verpflichtungen ihm gegenüber eingehen wollte. Justus war nicht der einzige Mann, mit dem sie sich traf und Daria war nicht die einzige Frau, mit der Justus sexuellen Kontakt hatte. Viele Außenstehende, die von dem Lebenswandel der beiden wussten, hätten Justus wohl als einen Lebemann oder Playboy bezeichnet und Daria als eine Schlampe. Die beiden schienen sich in diesen Rollen jedoch gut zu gefallen, obgleich auch tief im inneren dieser beiden Menschen ein still ruhender Wunsch nach echter Geborgenheit steckte. Eigentlich sehnten auch sie sich, so wie die meisten anderen Menschen, nach dem Gefühl, zu Hause angekommen zu sein und zu wissen, in welchen Hafen ihr emotionales Boot gehört.

Eines Abends lief Justus alleine durch die Stadt. Er war auf dem Weg zu seiner Stammkneipe, als ihm ein schlenderndes Paar entgegen kam. Die zunächst fremd erscheinende Frau blieb plötzlich überrascht stehen und sprach ihn an: „Ey, hallo. Du bist Justus, oder?"
Erstaunt schaute Justus die Dame etwas genauer an. Ihr Ge-

sicht kam ihm bekannt vor, aber er wusste es nicht einzuordnen. Was ja, nebenbei bemerkt, bei Justus` unzähligen Frauenbekanntschaften nicht wirklich wunderlich war.

"Ähm, ja, ich bin Justus. Kennen wir uns?", fragte er etwas verunsichert, bevor er dann auch den männlichen Begleiter dieser Dame musterte, da er sich darüber eine Aufklärung seiner Verwunderung erhoffte. Das Gesicht des Mannes kam ihm allerdings gänzlich unbekannt vor.

„Naja, kennen wäre zu viel gesagt", schilderte die Unbekannte. „Ich heiße Carina. Wir haben uns vor ein paar Jahren mal aufgrund einer Zeitungsanzeige getroffen. Damals sagte ich dir, dass ich dich dann aber doch nicht näher kennen lernen will. Erinnerst du dich?"

„Ahhh, du bist das", fiel es Justus nun wie Schuppen aus den Augen. „Oh ja, ich erinnere mich gut. Ich kam mir damals gewaltig verarscht vor."

"Das tut mir leid", sagte Carina etwas traurig. „Ich wollte dich nicht verarschen. Wirklich nicht. Ich wollte einfach nur ehrlich zu dir sein."

Dann zeigte sie auf den Mann an ihrer Seite und sagte: „das ist übrigens Anjo. Er ist sozusagen der Grund, warum ich dich damals nicht näher kennen lernen wollte. Ich hatte ihn zufällig fünf Minuten vor dir kennen gelernt. Und er hat mich damals ziemlich verwirrt. Naja, wie du siehst, mit Erfolg."

Carina und Anjo lachten. Justus lächelte freundlich, obgleich ihm eigentlich nicht wirklich zum Lachen zu Mute war.

"Was ist mit dir?", wollte Carina dann neugierig wissen. „Hast Du inzwischen auch die große Liebe gefunden?"

"Nein", lachte Justus. „Ich suche auch nicht mehr danach. Ich glaube nicht, dass es die große Liebe für mich gibt. Ich treffe mich stattdessen mal mir der Frau und mal mit jener. Ich habe nur kurze Affären, meist fühlen sich die Frauen von mir verarscht. Aber ich will nun mal nichts festes."

Nun stieg auch Anjo in das Gespräch ein: „Wieso fühlen sich

die Frauen von dir verarscht? Gaukelst du ihnen denn vor, dass du was festes suchst?"

"Nein, ich sage ganz ehrlich, dass ich nur eine sexuelle Affäre will. Aber das scheinen die meisten Frauen nicht zu kapieren", erklärte Justus.

"Mh, kapieren werden sie es wohl schon", meinte Anjo. „Aber das ist das alte Problem: am Anfang glauben die Frauen noch, damit klar zu kommen und wenn sie sich dann doch so richtig verliebt haben, kommen sie eben nicht mehr damit klar, dass es nur um Sex gehen soll. Und leider neigt der Mensch dann gerne dazu, sich verarscht oder ausgenutzt zu fühlen."

"So isses", bestätigte Justus dem ihm fremden Mann. „Die meisten Frauen sind halt nie mit dem zufrieden, was man ihnen bietet."

"So würde ich das nicht ganz sehen", wand Anjo ein. „Es sind nicht nur die Frauen, es ist der Mensch im Allgemeinen. Grundsätzlich neigen die meisten Menschen dazu, das zu wollen, was sie nicht haben können. Bekommen sie es dann doch, setzen sie sich unbewusst neue Ziele, die kaum erreichbar sind. Somit sind wir Menschen nur schwer zufrieden zu stellen. Im Zwischenmenschlichen ist das Problem aber vor allem, dass die Menschen viel zu wenig Respekt gegenüber dem Anderen haben. Somit fühlt man sich schnell verarscht, nur weil der andere anders tickt und andere Vorstellungen hat. Wenn alle Menschen respektieren und akzeptieren könnten, dass jeder Mensch anders ist und andere Wünsche und Vorstellungen hat, dann müsste sich kaum noch jemand verarscht oder ausgenutzt vorkommen und die Menschen könnten glücklich miteinander sein."

Im ersten Moment hatte Justus nun das Gefühl, dass dieser fremde Mann ein besserwisserischer Schlaumeier war, der sich gerne in Gespräche einmischt. Nachdem er sich von dem Pärchen verabschiedet hatte und weiter ging, dachte er aber dann doch noch mal über das gerade gehörte nach.

„Wenn alle Menschen respektieren und akzeptieren könnten,

dass jeder Mensch anders ist und andere Wünsche und Vorstellungen hat, dann müsste sich kaum noch jemand verarscht oder ausgenutzt vorkommen und die Menschen könnten glücklich miteinander sein", wiederholte er leise.

Am nächsten Tag traf Justus sich wieder mit seiner Gespielin Daria. Er erzählte ihr von der ominösen Begegnung des Vorabends, denn die Aussage dieses Anjo ließ ihn nicht wirklich zur Ruhe kommen.

„Er hat recht", sagte Daria dann zu ihm. „Mit uns beiden klappt es nur so gut, weil wir uns respektieren. Für dich ist es okay, dass ich auch mit anderen ins Bett gehe und für mich ist es okay, dass du mit anderen schläfst. Das ist doch auch eine Form von Respekt."

"Ja, ja, wie respektieren das", bestätigte Justus, „aber ist es wirklich okay? Du kannst respektieren, wenn ich mit einer anderen penne, aber findest du den Gedanken wirklich toll?"

"Naja, toll finde ich es nicht. Aber ich kann dir doch nicht sagen, dass du damit aufhören sollst, wenn ich es selbst mache", erklärte Daria.

"Mag sein, aber du könntest selbst damit aufhören und ich auch. Das wäre ein noch viel größerer Respekt an den Anderen", wurde Justus klar.

Die beiden unterhielten sich noch eine ganze Weile darüber, was sie unter dem Begriff Respekt verstanden. Und nach mehreren Gesprächen dieser Art stellten sie miteinander fest, dass sie nicht nur sehr viel Respekt füreinander hatten, sondern auch starke Gefühle. Und da starke Gefühle, gepaart mit Respekt so etwas wie Liebe ergibt, wurde ihnen plötzlich bewusst, dass diese Art Beziehung, die sie bislang führten, nicht das war, was sie wirklich suchten. Durch ihren Respekt füreinander gaben sie die anderen Sex-Beziehungen auf und lebten bald in einer lockeren Beziehung, in der jeder genügend Freiraum hatte, diesen aber freiwillig gar nicht mehr für sexuelle Seitensprünge ausnutzen wollte. Sie wurden, ohne dies expliziert vereinbart zu haben, monogam. Denn sie hatten endlich das Gefühl, dass ihr emotionales Boot im richtigen Hafen angekommen war.

Pannendienst

Mit einem lauten Brummen heulte der Motor des noblen Sportwagens auf. Obgleich er die Dreißig bereits überschritten hatte, gehörte René zu diesen Männern, denen es noch immer eine kindliche Freude bereitete, wenn er vor der roten Ampel stehend die Blicke anderer Autofahrer oder Passanten erhaschen konnte, in dem er im Leerlauf kurz auf das Gaspedal trat. Das Motorengeräusch seines knallroten Flitzers war in der Tat in einem Umkreis von mehreren hundert Metern zu hören. Steckten doch schließlich vierhundertneunzig PS unter der Haube seines knallroten Sportcabrios. Und René wurde niemals müde, all seinen Bekannten stolz davon zu berichten, dass es der V8-Mittelmotor seines Luxusflitzers auf eine Spitzengeschwindigkeit von über dreihundert Stundenkilometern schaffe. Auch erwähnte er gerne, dass dieser Wagen knapp einhundertsiebzigtausend Euro koste, wobei er gerne verschwieg, dass er ihn als Gebrauchtwagen für einhundertzwanzigtausend Euro kaufte, was wohl die meisten Menschen dennoch nicht gerade als Schnäppchenpreis für ein Auto ansehen würden.

In den Sommermonaten verbrachte René gerne jede freie Minute mit und in seinem Wagen. Und nur zu gerne präsentierte er sein Auto, sich und seine attraktive Freundin dann vor den Szene-Bars seiner Heimatstadt. Jeder sollte wissen, dass er mit dem von seinem Vater übernommenen Architekturbüro so erfolgreich war, dass er sich solche Sportwagen leisten konnte. Seine Freundin Lara, die mit einer gut gehenden Boutique ebenfalls sehr erfolgreich war, fungierte neben seinen Autos ebenso als standesgemäßes Aushängeschild seines Erfolges.

Heute war René jedoch alleine in seinem Cabrio unterwegs. Obgleich es in diesen Augusttagen abends manchmal schon recht frisch wurde, zeigte das Thermometer an diesem Nachmittag fünfunddreißig Grad im Schatten an. Der attraktive Jungunternehmer stellte seinen Wagen im Halteverbot ab und verschloss per Knopfdruck das Verdeck, um einen wichtigen Kunden zu besuchen. Als er nach anderthalb Stunden zu seinem Wagen zurückkam, reagierte er wütend auf den kleinen weißen Zettel, der unter seinem Scheibenwischer klemmte. Noch immer konnte und wollte er sich nicht daran gewöhnen, dass er trotz seines Reichtums keinen Sonderstatus im Bereich der Straßenverkehrsordnung hatte.

Genervt stieg er in seinen Wagen und knallte die Tür laut zu. Als er den Boliden starten wollte, vernahm er anstelle des dröhnenden Motors lediglich ein leises klackern. Erschrocken wiederholte er den Versuch, das Auto zu starten, doch er blieb erfolglos.

"Was ist denn jetzt los?", schimpfte er laut vor sich hin. Einen noch größeren Schock versetzte ihm dann jedoch die Tatsache, dass sich die Fahrertür nicht öffnen ließ. Ebenso wenig das Verdeck seines Cabrios. So schien er nun in einem anderthalb Tonnen schweren rot lackierten Blechkäfig eingeschlossen zu sein. Und das bei über dreißig Grad Außentemperatur. Nicht einmal die Fenster ließen sich mehr öffnen.

Die Panik schien ihm in das Gesicht geschrieben, als er hektisch zu seinem Smartphone griff, um seine Freundin anzurufen. „Geh ran, nun geh schon ran", flehte er vor sich hin. Lara lag jedoch gerade mit einer Gesichtsmaske auf der Liege ihrer Kosmetikerin und konnte seinen Anruf daher nicht entgegen nehmen. Ungehalten sprach René auf ihre Mailbox: „Lara, die Elektronik meines Wagens scheint zu spinnen. Ich bin darin eingeschlossen. Du musst bitte sofort mit den Ersatzschlüsseln kommen und mich holen. Meld dich, so schnell du kannst."

Da er nicht wusste, was seine Partnerin gerade machte, wollte er jedoch nicht auf ihren Rückruf warten. Denn ihm war klar, dass es bei diesen Temperaturen schnell gefährlich werden würde, in einem vollständig verschlossenen Auto zu sitzen. Schon jetzt stand ihm der Schweiß auf der Stirn. So wählte er zügig die Nummer eines Freundes.

„Ich bins, René. Du musst mir helfen. Die Elektronik meines Wagens spinnt. Ich bin im Auto eingeschlossen und komme nicht mehr raus. Ich werde hier geröstet."
"Wie soll ich Dir da helfen?", fragte sein Freund.
"Keine Ahnung, vielleicht kann man da von außen was machen", hoffte René.
"Mh, keine Ahnung. Ich kann jetzt aber eh hier nicht weg. Ich habe gerade viel Arbeit", bekam der Architekt erklärt.
"Na toll, du bist mir ja echt ein toller Freund", beschwerte sich der Eingesperrte. „Da braucht man dich ein Mal in seinem Leben und du versteckst dich hinter deiner Arbeit. Ist schon gut, ich werde es mir merken!"
Sein Freund kam nicht mehr dazu, etwas zu sagen, denn René hatte bereits beleidigt das Gespräch beendet, ohne sich zu verabschieden.

Auf eine ähnliche Art liefen auch die Telefonate ab, die der junge Mann in den nächsten Minuten mit drei weiteren Freunden führte. Der Eine hatte keine Zeit, weil er gerade im Restaurant saß, der Nächste konnte nicht, weil er seine Kinder zu Besuch hatte und ein Weiterer wähnte sich ebenfalls in beruflichem Stress. Auch Lara war weiterhin nicht zu erreichen.

So folgte René dem Rat einer dieser Freunde, den Pannenservice anzurufen. Dies hatte der in der Klemme sitzende Mann zunächst als sinnlos abgetan, weil der Pannendienst nach seiner Meinung meist sehr lange brauche, bis er beim Ort des Geschehens erscheint. Nun wusste er sich aber nicht mehr anders zu retten.

"Bitte kommen sie so schnell wie möglich", bettelte er in sein nobles Handy, „sonst können sie gleich einen Notarzt mitbringen. Ich kriege bald keine Luft mehr hier drin."

Unerwarteter Weise erschien schon fünf Minuten später ein gelbes Pannenfahrzeug. Der ebenfalls in gelb gekleidete KFZ-Mechatroniker erkundigte sich durch die geschlossene Scheibe der Fahrertür nach der genauen Lage, in der René steckte. Nachdem sich der Mann versichert hatte, dass nicht einmal die Motorhaube oder der Kofferraum des roten Flitzers zu öffnen waren, holte er einen Schraubendreher aus seinem Auto, stach damit in das schwarze Verdeck von Renés teurem Cabrio und schlitzte es auf.

"Sind sie noch ganz bei Trost?", schrie René seinen Helfer an. „Haben sie eine Ahnung, was ein solches Verdeck kostet?"

„Nein, ich habe keine Ahnung, was das Verdeck kostet. Aber dafür, dass es nicht funktioniert, kostet es definitiv viel zu viel", entgegnete der KFZ-Meister lächelnd.

"Na toll, das hätte ich auch gekonnt", motzte René.
"Offensichtlich nicht", berichtigte der freundliche Helfer. „Gerade haben sie mir noch geschildert, dass sie nicht wissen, wie sie aus ihrem Wagen raus kommen wollen. Nun wissen sie es."

René kletterte völlig verschwitzt aus dem zerrissenen Verdeck seines Sportcabrios, und setzte die Diskussion fort. Er versuchte dem Herrn vom Pannendienst unmissverständlich klar zu machen, dass es seine Aufgabe sei, Autos zu reparieren, nicht zu zerstören.

"Nun hören sie mal zu, guter Mann", sagte der gelb gekleidete Mechatroniker mit beruhigendem Ton. „Ich bin der Ansicht, dass kein Sportwagen dieser Welt mehr wert sein kann, als ein Menschenleben. Sie hätten sich da drin mal sehen sollen. Sie waren kurz vorm Kollabieren."

René wurde nun etwas ruhiger. Allmählich wurde ihm bewusst, dass ihm sein Helfer nur Gutes wollte und ihn möglicherweise tatsächlich vor Schlimmerem bewahrt hatte.

"Entschuldigen sie", sagte er dann kleinlaut. „Sie müssen verstehen, dass ich ziemlich durcheinander war. Ich steckte unverschuldet in dieser brenzligen Klemme, hatte gehofft, dass mir meine Freunde helfen, aber musste erkennen, dass sie keine Freunde sind, weil sie sich, wenn es drauf ankommt, lieber hinter irgendwelchen vorgeschobenen Gründen verstecken, um mir nicht helfen zu müssen. Und da war ich dann halt ziemlich genervt."

„So so, ihre Freunde verstecken sich hinter irgendwas. Spontan frage ich mich da, ob sie ihren Freunden gegenüber vielleicht genau so sind", sagte der fremde Helfer.

"Wie meinen sie das?", wollte René, der sich durch diese Äußerung angegriffen fühlte, wissen.

„Naja, Freundschaften sind immer nur dann wirkliche Freundschaften, wenn sie in beide Richtungen gleich stark funktionieren", erklärte der Mann. „Wenn ihre Freunde nicht bereit sind, ihnen zu helfen, sind sie entweder keine wirklichen Freunde, oder aber sie geben ihnen nur das gleiche zurück, was auch sie ihnen geben. Waren sie denn immer für diese Freunde da, wenn sie gebraucht wurden?"

"Von denen steckte bislang keiner in einer so gefährlichen Klemme", betonte der Jungunternehmer.

Der Pannenhelfer aber erklärte weise: „Menschen brauchen ihre Freunde nicht nur, wenn sie in einen teuren Blechkäfig eingeschlossen sind. Menschen brauchen ihre Freunde genauso, wenn sie zum Beispiel in ihrer Berufswelt gefangen sind, wenn sie zu viel Arbeit und Stress haben. Oder auch, wenn sie in ihren Emotionen und den Sorgen ihres Liebeslebens oder ihrer familiären Situation gefangen sind. Wann waren sie also zum letzten Mal für diesen Freund da, der so viel arbeiten muss? Haben sie ihn je gefragt, ob er glücklich ist mit seiner Arbeit? Haben sie ihn je gefragt, ob er sie braucht? Ob er vielleicht einfach nur mal jemanden zum Reden braucht oder um ein paar schöne Stunden mit ihm zu verbringen, um ihn von seinem beruflichen Stress abzulenken?"

René fühlte sich bevormundet. Er war der Meinung, es stand diesem fremden Mann nicht zu, über Renés Freundschaften zu urteilen. „Wie kommen sie dazu, mir solche Unterstellungen zu machen?", fragte er beleidigt. „Sie können doch gar nicht wissen, wie ich mit meinen Freunden umgehe."

"Oh doch", lachte der Pannenhelfer. „Das weiß ich deshalb, weil ich weiß, wie die Menschen im Allgemeinen mit anderen Menschen umgehen. Und dass gerade sie zu den wenigen Ausnahmen zählen, glaube ich nicht. Dann würden sie nicht ein solches Auto fahren und das Verdeck ihres Autos als wichtiger ansehen, als ihre eigene Gesundheit."

"Das ist eine Unverschämtheit", sagte René wütend. „Was maßen sie sich an, mich wegen meines Sportwagens blöd anzuquatschen. Sie sind doch nur neidig – wie alle!"

"Neidig?", lachte der weiterhin freundlich und ruhig klingende Mann. „Neidig worauf? Auf ihr Auto? Ich will ihnen mal was erklären: ich finde ihr Auto toll. Und ich freue mich für jeden, der es sich leisten kann. Und ja, ich sage ihnen ganz ehrlich: wenn ich es mir leisten könnte und das Geld nicht lieber in ein eigenes Häuschen investieren würde, zum Beispiel, weil ich schon ein Haus hätte, dann würde ich mir vielleicht auch ein solches Auto kaufen. Aber wissen sie, was ich nicht tun würde?"

"Hä?", raunzte René gelangweilt, um bewusst möglichst desinteressiert zu wirken, obgleich ihn in Wirklichkeit brennend interessierte, wie die Ausführungen des Mannes nun weitergehen würden.

„Ich würde nicht zulassen, dass ich in diesem Auto gefangen wäre."

"Sehr witzig", entgegnete René überheblich. „Selbst sie als Auto-Schrauber werden nicht unbedingt verhindern können, dass die Elektronik mal komplett ausfällt."

Der Mechatroniker lächelte, schaute sich den roten Flitzer nochmals an und sagte: „Ich rede nicht von einer ausfallenden Elektronik. Ich rede von ihrer Lebenseinstellung. Das Auto ist ihnen mittlerweile wichtiger, als ihre Gesundheit. Dass die Elektronik nun ausfiel und sie in dem Wagen gefangen hielt, ist schlussendlich nur das, was irgendwann kommen musste. Es ist das Sinnbild dafür, dass sie so vernarrt darin sind, sich mit ihrem flotten Flitzer zu präsentieren, dass sie mittlerweile völlig in diesem Wahn gefangen sind. Andere Menschen sind in ihrer Arbeit gefangen oder in ihrer eingefahren Partnerschaft. Wieder andere verfallen dem Schönheitswahn und sind in ihren teuren Markenklamotten gefangen. Ob sie nun in einem Sportwagen gefangen sind, in einem teuren Abendkleid oder in einer viel zu engen Krawatte, das ist völlig egal. Fakt ist nur, dass fast alle Menschen in irgendwas gefangen sind."

Erstmals hörte René dem Mann nun wirklich aufmerksam zu und wirkte sogar so, als denke er über das nach, was sein Retter ihm gerade sagte.

"Tja, meine Freundin habe ich vorhin nicht erreicht, weil sie vermutlich mit Gurken auf den Augen bei der Kosmetikerin liegt."

„Ja, dann ist sie wohl in ihrem Schönheitswahn gefangen. Und diese Gefangenschaft führte nun dazu, dass sie ihnen nicht helfen konnte – auch, wenn sie sie noch so sehr liebt. Es war keine böse Absicht von ihr, ihnen nicht zu helfen. Sie konnte nicht wissen, dass sie Hilfe benötigten. Aber auch sie selbst haben offenbar nie bemerkt, dass auch ihre Freundin in einer bestimmten Gefangenschaft lebt."

"Naja, ich würde es nicht Gefangenschaft nennen. Es ist ihr halt einfach wichtig, gut auszusehen", rechtfertigte René den Schönheitswahn seiner Partnerin.

„Ja. Dagegen ist nichts zu sagen. Es ist auch nichts dagegen zu sagen, dass ihnen das Verdeck ihres Cabrios wichtig ist. Solange sie es niemals über die wirklich wichtigen Dinge stellen."

René wirkte nachdenklich und nickte. Nach einer Weile fragte er: „was kriegen sie jetzt von mir? Ich bin kein Mitglied in ihrem Verein."

"Ach", lachte der Mann, „rein sachlich betrachtet habe ich ja lediglich ihr Verdeck aufgeschlitzt. Das kostet nichts. Ansonsten war ich als der gelbe Engel im Einsatz, wie man uns ja gerne nennt."

"Ja, das war sehr nett von ihnen. Und sie haben mich wirklich zum Nachdenken angeregt", sagte René. „Aber ich möchte, dass auch sie etwas von ihrer Mühe haben."

„Wissen sie", sagte der gelbe Engel, „wenn es ihnen in Zukunft gelingt, sich wenigstens ein kleines Bisschen aus ihrer materiellen Gefangenschaft zu befreien, und vielleicht auch noch für ihre Freunde da zu sein und auch diese dazu bringen, sich aus ihren selbst gemachten Gefangenschaften zu befreien, dann haben alle etwas davon. Und wenn das irgendwann die Runde macht und es den Menschen gelingt, sich von ihren eigenen, selbst auferlegten, Zwängen zu befreien, dann leben wir vielleicht doch irgendwann in einer harmonischen und menschlichen Welt."

Der dreizehnte Stock

Die Luft stand. Unerträglich heiß war es. Noch vor einer Woche schien die halbe Nation darüber geklagt zu haben, dass der Sommer mal wieder völlig verregnet war, und nun beschwerte sich fast jeder über die sengende Hitze. Selbst hier oben schien sich kaum ein Lüftchen zu regen. Das war aber das kleinste der Probleme, mit denen Ralph gerade zu kämpfen hatte.

Er stand auf einer Art öffentlich zugänglichem Balkon - dem Außenbereich eines Treppenhauses. Vom vierzehnten Stockwerk dieses Hochhauses blickte er fast vierzig Meter in die Tiefe. Eigentlich befand er sich in der dreizehnten Etage, jedoch folgte laut Beschriftung der Fahrstuhlknöpfe auf den zwölften direkt der vierzehnte Stock, um abergläubigen Menschen nicht zumuten zu müssen, in einer vermeintlichen Unglücksetage zu wohnen. Hier zu wohnen war aber, aus rein ästhetischen Gesichtspunkten betrachtet, für die meisten eh eine Zumutung. Denn dieses klobige Betongebäude gehörte zu den berühmten Bausünden der frühen siebziger Jahre des zwanzigsten Jahrhunderts.

Ralph lebte hier allerdings nicht. Er stand auf dem hohen Freisitz, weil er den traurigen Entschluss gefasst hatte, etwa vierzig Meter in die Tiefe zu springen, um sein Leben auf diese Weise zu beenden. Noch aus seiner Kindheit wusste er, dass es im Treppenhaus dieses Bauwerks frei zugängliche Außenbereiche gab. Und jeder, der Zugang zu dem Hochhaus hatte, hatte auch Zugang zu diesen Balkonen. Zwar war die Eingangstür des Gebäudes stets verschlossen, aber bei so vielen Bewohnern war es problemlos möglich, nach kurzem Warten in das Haus zu huschen, wenn irgendjemand das Haus verließ oder betrat. So war auch Ralph an diesem frühen Abend in das Gebäude gekommen.

Da stand er nun und dachte all die Gedanken, die ein Mensch

offensichtlich zu denken pflegt, wenn er sein Leben aus einer freien Entscheidung heraus selbst beenden möchte. Interessanterweise waren es weniger seiner konkreten Probleme, über die er in dieser Situation nachdachte. Vielmehr waren es allgemeine Floskeln, die ihm durch den Kopf spukten. Von „das Leben ist doch völlig sinnlos" über „mich braucht doch sowieso niemand" bis hin zu „keiner wird mich vermissen" reichten die extrem depressiven Gedanken dieses Mannes, der bei Erreichung seiner statistischen Lebenserwartung noch mehr als sein halbes Leben würde vor sich haben können.

Objektiv betrachtet mögen die realen Sorgen, die Ralph auf dieses hohe Haus getrieben hatten, tatsächlich nicht unerheblich gewesen sein. Während manch einer schon bei einer finanziellen Verschuldung Suizidgedanken hegen mag, so lag Ralphs Kummer eher im zwischenmenschlichen und gefühlsbetonten Bereich. Kurz nachdem er für seine kleine Familie ein Haus gekauft hatte, eröffnete ihm seine Frau, dass sie sich in einen anderen Mann verliebt hatte. Innerhalb weniger Wochen zog diese von ihm geliebte Frau mit samt seiner noch mehr geliebten Tochter zu einem anderen Mann. Die Depression, in die er dadurch fiel, kostete ihn einige Zeit später seine Arbeitsstelle, sein Haus und sein Auto. In all seinem Leid begann er, sein letztes Geld in Alkohol zu investieren, was wiederum dazu führte, dass seine Frau auf rechtlichem Wege dafür sorgte, dass er seine Tochter nur noch unter Aufsicht einer ihm fremden Person sehen durfte. Und in dieser Zeit verstarb dann auch noch plötzlich und unerwartet seine ebenfalls sehr von ihm geliebte Mutter.

Da stand er nun. Ohne Frau, ohne Tochter, ohne Mama, ohne Job, ohne Auto, ohne Geld. Und ganz und gar ohne Perspektive. Ähnliche Situationen mögen Millionen Menschen erleiden müssen. Aber nicht jeder kann solche Schicksalsschläge ohne Weiteres verkraften – schon gar nicht, wenn sie so geballt herab prasseln. Und so fühlte Ralph sich völlig wertlos, verlassen, verraten und verkauft. Er sah keinen Sinn mehr in seinem Leben und wollte ein solches Leben auch nicht mehr weiterführen müssen. Eigentlich gehörte er zu den Menschen, die optimistisch daran glaubten, dass es immer irgendwie weitergehen würde und dass nach jedem Regen auch irgendwann die Sonne wieder scheinen würde. Aber diesmal vermochte er es nicht, sich aus seiner aussichtslosen Situation zu befreien. Ihm fehlte die Hoffnung auf eine Besserung, ihm fehlte der Glaube an einen Sinn und er fühlte sich völlig nutzlos in dieser Welt.

Als er sich gerade dazu entschlossen hatte, auf die Brüstung des frei zugänglichen Treppenhaus-Balkons zu steigen, öffnete sich mit einem dumpfen Geräusch die dicke braune Stahltüre, die zum Treppenhaus führte. Ralph erschrak dabei ebenso stark wie die braun gelockte Dame, die die Tür geöffnet hatte, um auf den Balkon zu treten.

"Oh, entschuldigen sie bitte", sagte sie nach einer Sekunde des Schreckens freundlich zu Ralph.

"Kein Problem", versuchte dieser ebenso freundlich zu beruhigen.

"Ich dachte nicht, dass hier jemand steht. Hier ist selten jemand."

"Warum? Sie sind doch auch hier", erwiderte Ralph mit leicht genervtem Unterton.

Für einen Moment schien die Unterhaltung bereits beendet zu sein. Die Frau stand etwas verunsichert wirkend an der Brüstung und blickte, ebenso wie Ralph, hinab.

"Wegen der Aussicht stehen sie hier nicht, oder?", fragte sie dann.

"Wieso?", antwortete der suizidale Mann mit einer Gegenfrage, um nicht antworten zu müssen.

"Drüben auf der anderen Seite ist ein toller Ausblick. Aber hier schauen sie ja nur auf den Parkplatz."

Ralph reagierte nicht.

Nach einer Minute des Schweigens setzte die Frau die Kommunikation fort: „ich bin Angelika. Wie heißt du, wenn ich fragen darf?"

"Ralph. Ralph mit p h", war die knappe Antwort.

Mit einem kecken Lächeln fragte Angelika ihn dann provokant: „kam ich gerade ungelegen oder doch vielleicht eher genau zur richtigen Zeit?"

"Wie meinst du das?", wollte Ralph wissen.

"Ach komm, du stehst doch nicht zufällig hier oben. Dir sieht ein Blinder an, dass es dir beschissen geht", erklärte Angelika ihre Frage.

"Mag schon sein", brummelte der dunkelhaarige Mann leise vor sich hin.

Im Laufe der nächsten Stunde gelang es Angelika dann tatsächlich, ein sehr tiefgründiges Gespräch mit dem bis dato völlig fremden Mann zu führen, in dem Ralph ihr offenbarte, dass er an Selbstmord dachte, weil er sich und sein Leben nach all den unschönen Erlebnissen als völlig sinn- und nutzlos ansah.

"Du bis doch nicht nutzlos", sagte Angelika mit vehementem Ton.

"Ach Angelika", seufzte Ralph, „ich weiß nicht, wer du bist, woher du kommst und was du hier willst. Du bist unglaublich nett zu mir und tust zumindest so, als würdest du dich für mich interessieren. Vielleicht ist es so, wie in jedem zweiten amerikanischen Kitsch-Film, dass einem dann im letzten Moment der rettende Engel geschickt wird. Vielleicht bist du dieser Engel. Aber ich muss dich leider enttäuschen. Du wirst mich vielleicht für den Moment von meinem Vorhaben abbringen, aber nicht generell. Du wirst mich definitiv nicht davon überzeugen können, dass mein Leben noch zu irgendetwas nutze ist."

Angelika lächelte, was für einen Außenstehenden in dieser Situation eher hätte unangebracht wirken müssen.

„Oh doch", sagte sie dann, „dein Leben ist zu etwas nutze. Und wenn du es nicht glauben möchtest, so kann ich es dir sogar beweisen.“

"So? Und wie?“, wollte Ralph interessiert wissen.

"Ich verdanke dir mein Leben“, sagte Angelika etwas pathetisch. „Ich bin hier rauf gegangen, weil ich eigentlich die gleiche Absicht hatte, wie du. Aber durch dich habe ich diesen Gedanken nun völlig verloren. Somit hast du mir in der letzten Stunde mein Leben gerettet. Und da willst du behaupten, du seiest zu nichts nutze?“

Ralph dachte eine Weile sprachlos nach.

"Naja, eigentlich will ich jetzt auch nicht mehr da runter springen“, sagte er dann. „Das habe ich dir zu verdanken.“

"Dann haben wir uns wohl beide etwas ganz tolles zu verdanken und sind wohl alles andere als nutzlos“, lächelte Angelika. „Niemand ist nutzlos, so lange er irgend jemandem auch nur den geringsten Nutzen bringt. Selbst diese Eintagsfliege dort ist nützlich. Ihr Sinn ist es, zu sein. Und sie ist bestimmt nicht selbstmordgefährdet. Sie ist bestimmt glücklich damit, einfach zu sein, was sie ist.“

"Wow, das klingt jetzt aber tatsächlich wie der Engel im Hollywood-Kitsch-Film“, flüsterte Ralph lächelnd, bevor er Angelika zum Essen einlud. Dem ersten Essen seit vielen Monaten, zu dem er keinen Alkohol trank.

Das Seminar

Rosannas Blick wirkte entsetzt und wütend zugleich. Sie knibbelte nervös am Verschluss ihrer Colaflasche herum. Gerade hatte sie feststellen müssen, dass ihr bester Freund Michael ihr wohl doch nicht so wohl gesonnen zu sein schien, wie sie immer dachte. Immer war er für sie da gewesen. Schon unzählige Male hatte er ihr aus der Patsche geholfen. Und nun plötzlich wollte er ihre frisch gesteckten Ziele mit einem Handstreich je zerschlagen.

"Ich dachte, du bist mein Freund", sagte sie vorwurfsvoll.
"Das bin ich", betonte Michael mit ernstem Blick.
"Achso. Ja, klar. Und deshalb willst du jetzt auf einmal die zweitausend Euro zurück, obwohl du vor ein paar Wochen noch sagtest, dass es dir nächstes Jahr reichen würde."
"Genau. Ich will sie zurück, WEIL ich dein Freund bin", erklärte ihr etwa vierzigjähriger Gesprächspartner.
"Nein", widersprach Rosanna wütend. „Du willst das Geld nur zurück, damit ich mich nicht für das Seminar anmelden kann. Das ist so mies von dir. Und ich dachte echt, wir sind Freunde."
"Wann ist man für dich denn ein Freund?", wollte Michael wissen. „Wenn man dir Geld leiht und dann stirbt, oder wie?"
"Du weißt genau, wie viel mir an dem Seminar liegt. Und nur, weil dir das nicht passt, stellst du dich mir jetzt in den Weg."
"Genau. Ich will mich deinen dämlichen Plänen tatsächlich in den Weg stellen", bestätigte Michael, den Rosanna stets Micha nannte.
"Ich dachte echt, du wärst ein Freund. Aber du bist einfach nur ein Egoist, der meint, meinen Papa spielen zu müssen. Nur, weil du mir Geld geliehen hast, meinst du plötzlich, irgendein blödes Machtspiel spielen zu müssen. Ich sag dir was: du kriegst dein Geld noch diese Woche auf Heller und Pfennig zurück. Aber auf deine Freundschaft verzichte ich. Man stellt sich sei-

nen Freunden nicht in den Weg. Das ist keine Freundschaft!"

Die blond gesträhnte Dame kochte vor Wut. Sie war maßlos enttäuscht von ihrem einstigen platonischen Freund. Sie ärgerte sich aber auch über sich selbst. Denn hätte sie die Folgen geahnt, hätte sie Micha niemals von ihrem Vorhaben erzählt.

Schon seit längerem interessierte Rosanna sich für Naturheilverfahren, Heilkräuter und Jahrtausende alte asiatische Heilmethoden. Sie war davon überzeugt, dass die moderne Schulmedizin den Menschen mehr schade, als nutze. Sie vertraute ihrer Heilpraktikerin mehr, als ihrem Hausarzt, den sie schon seit Jahren nicht konsultierte. Und sie hatte sich mittlerweile in den Kopf gesetzt, eines Tages selbst anderen Menschen durch Alternativmedizin zu helfen. Sie war davon überzeugt, dass sie eine heilerische Gabe in sich trug, durch die kein Medizinstudium erforderlich sei, um andere Menschen von schlimmen Krankheiten zu erlösen. Die in ihr schlummernde Gabe würde lediglich geweckt werden müssen. Und inzwischen war sie auch sicher, den richtigen Mann gefunden zu haben, der ihr dabei helfen würde.

Durch Recherche im Internet war sie auf Wiprecht von Götze gestoßen, der sich als Geistheiler bezeichnete. Er hatte die Fähigkeit, nahezu alle materiellen Körper alleine durch die Kraft seiner Gedanken maßgeblich zu beeinflussen und zu verändern. So konnte er Tumorzellen durch energetische Kraftübertragung zerstören, aber auch die Gedanken und Empfindungen eines anderen Menschen so beeinflussen, dass zum Beispiel der Ex-Partner auf seinen Geheiß hin zu seiner Verflossenen zurückkehren wolle – zumindest behauptete dieser selbsternannte Heiler solche Absurditäten auf seiner Internetseite. Und Rosanna gehörte zu denen, die daran glaubten.

Sie war sich sicher, dass auch sie heilerische Fähigkeiten dieser Art erlangen würde, wenn sie an einem der Seminare des

Wiprecht von Götze teilnehmen würde. Die stattliche Summe von zweitausend Euro, die sie für ein solches Zwei-Tages-Seminar aufzubringen hatte, veranlasste sie jedoch, ihrem Freund Michael davon zu erzählen. Schließlich hatte dieser ihr erst einige Monate zuvor den gleichen Betrag geliehen, als sie mal wieder in einem finanziellen Engpass steckte. Michael hatte ihr versichert, dass die Rückzahlung nicht eile. Nun aber wollte er sein Geld umgehend zurück, nur damit Rosanna es nicht für dieses Seminar ausgeben konnte.

So entbrannte ein heftiger Streit zwischen den beiden. Dabei ging es Michael nicht darum, dass er seiner Freundin vorschreiben wollte, für welchen Zweck sie das geliehene Geld zu verwenden hatte. Er wollte sie lediglich davon abhalten, an einem Seminar teilzunehmen, das er für Abzocke, ja sogar Betrug, hielt.

"Kapier doch endlich, dass dich dieser Typ nur abzocken will", betonte er immer wieder.

"Kapier du endlich, dass es Dinge zwischen Himmel und Erde gibt, die wir nicht sehen, die aber trotzdem da sind und funktionieren", konterte Rosanna.

"Darum geht es nicht", versuchte ihr Kreditgeber zu erklären. „Du kannst ja von mir aus eine Heilpraktikerschule besuchen, Reiki erlernen oder sonst was. Aber es ist doch offensichtlich, dass dieser Wiprecht nichts weiter als ein Scharlatan ist."

"Nein, auf seiner Homepage schreiben unzählige Leute, dass er sie geheilt hat", versuchte sich die erzürnte Dame zu rechtfertigen.

"Mein Gott! Ich kann auch auf irgendeine Homepage schreiben, dass ich dem Pabst ein Doppelbett verkauft habe. Wie naiv bist du? Kapier doch endlich, dass man nicht alles glauben darf, was die Leute so von sich geben", redete Michael auf sie ein.

"Ich fühle bei ihm aber eine ganz starke Energie. Ich spüre einfach, dass er wirklich was kann", erklärte die Esoterik-Anhängerin.

"Ok, wenn er wirklich so gut ist, wie er behauptet", argumentierte Michael, „und wenn er wirklich alles und jeden so gut manipulieren kann, was glaubst du dann, macht er mit dir? Verdammt, begreif doch endlich, dass das nur ein geldgeiler Guru ist. Womöglich steckt sogar eine Sekte dahinter oder sonst was."

Rosanna aber wahr nicht von ihrem Glauben abzubringen, dass Wiprecht von Götze derjenige sei, der ihre inneren Heilerfähigkeiten wecken und sie auf den richtigen esoterischen Pfad bringen würde. Und so eskalierte der Streit mit Michael derart, dass dieser letztendlich sogar mit rechtlichen Konsequenzen drohte, wenn sie ihm nicht umgehend die geliehene Summe zurückzahle. Auf diese Weise konnte er Rosanna tatsächlich, zumindest vorerst, davon abbringen, sich zu dem Seminar anzumelden, da ihr so schlichtweg die finanziellen Mittel dafür fehlten. Sie zahlte ihre Schulden an den Mann zurück, den sie bis dahin einen Freund nannte, kündigte ihm aber gleichzeitig auch unmissverständlich die Freundschaft.

In den nächsten Monaten dachten beide oft noch an den jeweils Anderen, aber sie fühlten sich nicht dazu berufen, den Kontakt zu suchen, um eine Versöhnung herbeizuführen. Michael hoffte noch lange Zeit darauf, dass Rosanna sich bei ihm melden würde, aber nachdem etwa ein Jahr vergangen war, rechnete er längst nicht mehr damit und dachte auch nicht mehr viel an sie. Rosanna hingegen dachte immer wieder an Michael, wenn sie im Internet oder in Büchern etwas über den gleichnamigen Erzengel las. Und bei einer dieser esoterisch geprägten Internetrecherchen las sie dann eines Tages, dass Wiprecht von Götze verhaftet worden war. Laut dem Bericht konnte ihm der Verdacht des Betruges zwar nie rechtlich nachgewiesen werden, jedoch lautete die Anklage auf Freiheitsberaubung, Nötigung und sexuellen Missbrauch. Er hatte wohl mehrere junge Frauen nicht nur finanziell, sondern auch sexuell hörig gemacht und deren Gutgläubigkeit schamlos für entsetzliche Verbrechen ausgenutzt.

88

"Oh, mein Gott", flüsterte Rosanna entsetzt, als sie dies las. Schnell wurde ihr klar, dass es im Nachhinein betrachtet wohl doch gut für sie war, dass Michael sich ihr und ihrem Vorhaben in den Weg gestellt hatte. Noch am gleichen Tag klingelte sie kleinlaut an seiner Türe, um sich bei ihm zu bedanken und darum zu bitten, die gemeinsame Freundschaft wieder aufleben zu lassen. Sie hatte große Angst vor dieser Begegnung, da sie mit massiven Vorwürfen à la „warum hast du nicht gleich auf mich gehört?" rechnete. Michael aber lächelte sie an und nahm sie wortlos in den Arm.

Den ganzen Abend verbrachte sie auf Michaels Sofa. Sie führten ausgiebige Gespräche und der Inhalt von einer Flasche Wein reichte den beiden nicht aus. Nachdem Rosanna ihrem Freund schon früh am Abend einräumte, dass er ihr rettender Engel war, betonte Michael mehrmals mit süffisantem Grinsen, dass er ja schließlich nicht von ungefähr den Namen des Erzengels trüge. Er machte sich fortan einen Spaß daraus, sich selbst als Engel zu bezeichnen.

"Aber eines muss ich ja schon mal sagen", betonte die Dame dann mit ernster Miene. „Im Nachhinein betrachtet kann ich dich zwar knutschen, weil du mein rettender Engel warst, aber eigentlich war es nicht in Ordnung, dass du den Besserwisser gespielt hast und dich einfach meinen Plänen in den Weg gestellt hast. So was machen weder Engel, noch Freunde. Sie stellen sich dem Anderen niemals in den Weg."

"Doch", antwortete Michael selbstsicher. „Sie stellen sich immer dann in den Weg, wenn es bergab geht."

Das Model

Kira saß belämmert auf der Küchenbank und starrte genervt den Tisch an. „Ich verstehe dich nicht", sagte ihr Vater mit zornigem Tonfall. „Hübsch zu sein ist eine Sache, halbnackt vor betrunkenen Idioten rumzuhampeln aber eine ganz andere."

"Nun lass sie doch", lenkte die Mutter ein. „Wenn sie meint, unbedingt bei dieser Misswahl mitmachen zu müssen, wird sie schon wissen, was sie tut."

"Das weiß sie eben nicht. Sie ist gerade mal sechzehn. Ich habe keine Lust, anschließend in der Zeitung lesen zu müssen, dass mal wieder ein Mädchen vergewaltigt wurde, die dann auch noch meine Tochter ist."

"Du spinnst doch" platzte es aus Kira heraus, bevor sie sauer aufsprang und in ihr Zimmer ging.

Trotz der energischen Einwände ihres Vaters war Kira fest entschlossen, am Samstag bei der Beach-Party an der Wahl zur „Miss Beach" teilzunehmen. Einerseits hatte sie ihrem Vater gegenüber zwar ein etwas schlechtes Gewissen, da sie wusste, dass ihm ihre Teilnahme weh tat, andererseits war sie sich ihres guten Aussehens und ihrer tollen Figur aber bewusst und wollte sich selbst und all ihren Bekannten beweisen, dass sie das Zeug dazu hatte, eine solche Wahl zu gewinnen.

Mit Hilfe ihrer Mutter setzte sie sich in dem Familienstreit schlussendlich durch und fand sich einige Tage später in einem großen Zelt wieder, das als Backstage-Bereich für die jungen Teilnehmerinnen der Misswahl aufgebaut wurde. Vor dem Eingang des hellgrauen Zeltes stand ein dunkel gekleideter Mann, der darauf achtete, dass ausschließlich die für die Wahl angemeldeten Mädchen sowie Mitarbeiter des Veranstalters Zutritt erlangten. In dem Zelt herrschte eine stickige Warme Luft. Vor den Wänden standen zahlreiche Spiegel und mehrere Stellwände dienten als Abtrennung verschiedener Umkleidegelegenheiten.

Viele junge Damen liefen aufgeregt hin und her und stellten zahlreiche Fragen an die Verantwortlichen, die ihnen geduldig den Ablauf des Abends erklärten oder ihnen sagten, wann und wo sie sich umkleiden und schminken konnten. Nachdem Kira ihre Instruktionen erhalten hatte, begann sie vor einem Spiegel damit, ihre Frisur in Form zu bringen und packte ihre Kulturtasche mit zahlreichen Kosmetikartikeln aus.

Im Spiegel fiel ihr ein Mann auf. Zurückgelehnt saß er mit ausgestreckten und übereinandergeschlagenen Beinen auf einem weißen Kunststoffstuhl und hatte die Arme vor seiner Brust verschränkt. Sie bemerkte, dass er sie die ganze Zeit von hinten beobachtete. Dies war ihr irgendwie unangenehm, aber schnell war ihr klar, dass dieser Mann, der etwa im Alter ihres Vaters war, ein Mitarbeiter des Veranstalters gewesen sein musste, denn sonst hätte er ja gar keinen Zutritt gehabt.

Als der langhaarige Mann jedoch auch nach Minuten noch immer nicht mit seinen Blicken von ihr abließ, beschlich sie ein mulmiges Gefühl. Kiras Hände waren eh schon feucht und auch die Aufregung war ihr schon längere Zeit anzumerken, aber nun kam eine beklemmende Angst hinzu. Der Fremde wurde ihr regelrecht unheimlich und plötzlich hatte sie die ermahnenden Worte ihres Vaters im Gedächtnis.

Sie beschloss, sich von dieser Angst zu befreien und dachte sich, dass es das beste sei, den Mann direkt anzusprechen. Wenn er ihr erklären würde, wer er sei, würde sie keine Angst mehr haben müssen. Da der Mann rechts neben ihrem Spiegelbild zu sehen war, drehte sie sich nun also nach rechts um, um zu dem Mann, der hinten in der Ecke des Zeltes sitzen musste, zu gehen. Es durchfuhr sie wie ein kleiner Blitz, als sie nach dem Umdrehen feststellte, dass der Mann in der linken Ecke des Zeltes saß. Gerade so, als hätte sie im Spiegel eine optische Täuschung wahrgenommen. Ohne weiter darüber nach-zudenken, ging sie dann jedoch mutig auf den Mann zu, wobei dessen Mundwinkel nun zu lächeln begannen.

"Hallo, ich bin Kira", sagte sie.
„Freut mich, dich kennen zu lernen", sagte der ominöse Herr freundlich. „Mein Name ist Frank. Kann ich dir weiterhelfen?"
Nun war Kira bereits klar, dass Frank tatsächlich ein Offiziel-ler war und sie nichts zu befürchten hatte.
„Och, nein", stammelte sie, „ich hatte nur gesehen, dass sie mich anschauen und habe mich gefragt, ob sie vielleicht ein Jury-Mitglied sind".
"Mh, wie man es nimmt", sagte der Mann. „Direkt ein Jury-mitglied bin ich nicht, aber vielleicht kann ich dir dennoch zum Erfolg verhelfen."
"Wie meinen sie das?", fragte Kira.
"Ach, weißt du, die Erfolgsleiter ist keine Rolltreppe. Es genügt nicht, einen Schritt zu gehen und dann zu warten, dass man oben ankommt. Du siehst diese Misswahl als ersten Schritt. Aber wenn du wirklich hoch hinaus willst, musst du mehr dafür tun."
"Keine Sorge", erwiderte Kira kess, „mir ist durchaus be-wusst, dass der Model-Beruf die härteste Arbeit ist, die es gibt."

Der Mann lachte. „Pardon, aber da muss ich dir widerspre-chen", sagte er. „Die härteste Arbeit ist nicht das Modeln, son-dern das Denken. Vermutlich gehen dieser Tätigkeit deswegen auch nur so wenige nach."
"Achso, sie gehören also zu den Männern, die der Meinung sind, dass alle hübschen Frauen, vor allem wenn sie Models sind, gleichzeitig doof sein müssen".
"Nein", lachte der Mann. „Ich kenne viele hübsche Models, die keineswegs doof sind. Viele von ihnen sind sogar so klug, dass sie erkannt haben, dass oberflächliche Männer wohl besser sehen, als denken können. Es ist keineswegs doof, diese Tatsa-che zu Geld zu machen. Aber Geld ist nun mal nicht das, was

im Leben zählt."

"Geld regiert die Welt und es schadet gar nichts, möglichst viel davon zu haben", konterte Kira. Der Mann schaute nachdenklich zur Seite und spielte sich dabei mit dem linken Daumen und Zeigefinger am Ohrläppchen. Dann schaute er sie wieder an und fragte: „und du hast dir zum Ziel gesetzt, deine durchaus attraktiven weiblichen Reize dafür zu nutzen, glücklich zu werden?"

Kira, die noch immer nicht wusste, wer dieser Mann wirklich war, dabei aber darauf hoffte, dass er jemand sei, der sie im Modelgeschäft fördern könnte, sagte: „ja, ich will reich werden und ich weiß, dass ich das kann."
"Es gefällt mir, wenn Menschen wissen, was sie wollen. Wenn Du möchtest, gebe ich dir ein paar Tipps, wie du es schaffen kannst, dass sich dein Traum erfüllt."
Kira zuckte mit den Schultern und nickte dabei leicht mit dem Kopf.

"Ich möchte dir zunächst ein paar Fragen stellen", fuhr der Mann fort. „Was ist deiner Meinung nach das wichtigste, um eine solche Misswahl hier gewinnen zu können?"
"Mmh, ich würde sagen, ein hübsches Gesicht", antwortete die attraktive junge Dame.
"Und das zweitwichtigste?"
"Ein gut gebauter Körper".
Der Mann nickte und fragte: „ok, und was noch? Was kommt deiner Meinung nach an dritter Stelle?"
Kira überlegte einen Moment und sagte: „na ja, ich würde sagen, eine positive und auffallende Ausstrahlung."

"Prima", antwortete der Mann. „Ja, ich denke, das sind wohl die drei obersten Hauptmerkmale, die ein Topmodel mitbringen muss. Und in der Tat, diese Prioritäten erfüllst du." Kira lächelte zufrieden.

Der Mann aber fuhr fort: „Glaubst du, eine Frau, die diese drei obersten Prioritäten erfüllt, also ein hübsches Gesicht, eine Top-Figur und eine tolle sympathische Ausstrahlung hat, wird heute Abend gewinnen, wenn sie spastisch gelähmt im Rollstuhl sitzen würde und zudem blind wäre und nicht sprechen könnte?"

Kira starrte den Mann entsetzt an und konnte nicht fassen, warum er so was fragte. „Nein, vermutlich nicht", sagte sie leicht geschockt.

"Aber warum denn nicht? Sie hat doch alle Voraussetzungen erfüllt."

"Ja schon, aber...", stammelte Kira.

"Aber was? Niemand würde eine solche Frau wählen wollen?"

"Ja, ist wohl so" murmelte das hübsche Mädchen.

"Ja, ist wohl so", wiederholte der Mann mit nachdenklichem Ton. „Und nun gebe ich dir den versprochenen Tipp, wie du im Leben reich werden kannst: überlege stets gut, wie du deine Prioritäten setzt. Bei einer Misswahl zum Beispiel ist es nicht die oberste Priorität, hübsch zu sein, sondern gesund zu sein. Das ist aber nicht nur bei der Misswahl so, sondern in deinem ganzen Leben. Setze die wichtigen Dinge nach oben. Erst wenn du für dich das Gefühl hast, dich ihnen genügend zu widmen, bleibt Zeit, für weniger wichtige Dinge. Nur wenn du gesund bist, einen anderen Menschen aus tiefsten Herzen lieben kannst, Familie und Freunde hast und du glücklich bist, wirst du auch hübsch sein."

Kira war gefesselt von diesen Worten und wollte den Mann fragen, warum er ihr das erzählt. In diesem Moment wurde sie jedoch von dem Veranstalter zur Bühne gerufen.

„Warten sie bitte hier auf mich, ja?", sagte sie.

„Ich werde hier sein", lächelte der Mann.

Nach ihrem Auftritt stürzte Kira hektisch zurück in das Zelt.

Der weiße Gartenstuhl war jedoch leer. Es lag lediglich ein Zettel darauf. Aufgeregt las sie: „Nicht alle Engel haben Flügel. Aber wenn du ihre Tipps befolgst, wirst du nicht nur hübsch sein, sondern auch reich – sehr reich."

Gemeinsam gemein und einsam

Irgendetwas schien bei Nicoles Operation nicht so zu laufen, wie es sollte. Die Ärzte schienen panisch irgendwelche Notfallmaßnahmen einzuleiten und die medizinischen Apparaturen gaben beängstigende Geräusche von sich. Nicole bekam während ihrer Vollnarkose nichts von alledem mit. Sie hatte währenddessen vielmehr das Gefühl, in eine andere Dimension zu gleiten. Während ihr Körper um das Überleben kämpfte, erlebte ihr Geist das, was man gemeinhin ein Nahtoderlebnis nennt.

Nicole hörte plötzlich viele Stimmen. Unzählige Stimmen, die in den unterschiedlichsten Schallwellen durcheinander sprachen. Helle engelsgleiche Lobgesänge vernahm sie ebenso, wie tiefe Stimmen, wie sie noch keinen Mann je so tief hat sprechen hören.

Ein helles weißes Licht, wie es von solchen Situationen oft beschrieben wird, sah sie jedoch nicht. Stattdessen erstrahlte alles in silbrigblauem Glanz.

Plötzlich erschien ihr, wie durch einen Lichtstahl erzeugt, ein männliches Lichtwesen mit hellblauen Schattierungen, die nach Flügeln aussahen.

„Du musst Erzengel Michael sein", sagte sie spontan zu dem Engel, ohne zu wissen, wie sie zu dieser Aussage kam.

„Es ist nicht wichtig, wie ich heiße", sagte die Lichtgestalt freundlich lächelnd.

„Bist du es denn?", fragte Nicole dennoch nach.

"Ihr gebraucht Namen, wir nicht", bekam sie zur Antwort.

Nicole, in deren Ohren das Hintergrundgeräusch der unzähligen Stimmen wie liebliche Musik klang, und die eine wohlige Wärme durchdrang, wähnte sich nun im Himmel angekommen.

„Hier ist es schön", sagte sie zu dem Engel.

„Ja, das ist es", bestätigte dieser. „Aber deine Zeit ist noch nicht gekommen. Wir haben einen Auftrag für dich, mit dem wir dich in dein Leben zurück bitten."

„Oh nein, ich möchte bitte hier bleiben. Hier ist es viel angenehmer, als auf der Erde. Wenn ich zurück muss, käme es mir nun vor, als müsse ich in die Hölle", jammerte Nicole.

„Das kann ich verstehen", pflichtete die Himmelsgestalt bei. „Aber die Hölle macht ihr euch selbst. Dein Auftrag wird aber dazu beitragen, daran eine Kleinigkeit zu ädern – zumindest im Rahmen dessen, was die möglich ist."

„Was ist mein Auftrag?", wollte Nicole umgehend wissen.

„Gehe hin, und verkünde die Botschaft des Miteinanders."

Nicole verstand nicht ganz, welche Botschaft sie genau verkünden solle.

"Du meinst, so nach dem Motto: gemeinsam sind wir stark?"

„Nein. Nicht gemeinsam, sondern miteinander. Gemeinsam seit ihr einsam", sagte der biblische Bote. „In dem Wort Gemeinsam stecken die Wörter Gemein und Einsam. Das genau ist das Problem der Menschen. Sie verbringen ihre Zeit gemeinsam und sind dabei gemein und einsam."

Als Nicole zu sich kam, lag sie auf der Intensivstation eines Krankenhauses. Zaghaft schaute sie sich in dem Raum um. Sie war alleine. Doch einsam war sie nicht. Und sie wusste, sie würde es auch nie wieder sein.

Familienzwist

Der Fernseher zeigte eine dieser unglaubwürdig erscheinenden Kriminalfilme. Uta bekam von der Handlung jedoch nicht viel mit. Ihre Gedanken schweiften immer wieder ab. Während ihr Mann zwei Meter neben ihr schnarchte, saß die Siebenundsechzigjährige auf ihrem Fernsehsessel, als seien glühende Kohlen unter dem Sitzkissen versteckt. Aufgeregt hoffte sie, dass das Telefon klingeln würde. Sie wusste, dass es nun jederzeit so weit sein musste, dass die Frau ihres ältesten Sohnes Erhard ein Kind zur Welt brachte. Während andere werdende Großmütter in einer solchen Phase einfach nur freudig aufgeregt auf den erlösenden Anruf warten würden, in dem ihnen mitgeteilt würde, dass Mutter und Kind wohlauf seien, plagte Uta aber die Angst, dass dieser Anruf gar nicht erfolgen würde. Eigentlich war sie sich sogar fast sicher, dass Hardy, wie sie ihren Sohn meist nannte, sie nicht über die Geburt seines Kindes informieren würde.

Schon seit fast fünf Jahren hatten Uta und Ihr Mann Winfried keinen Kontakt mehr zu ihrem ältesten Sohn. Wegen eines eigentlich banalen Streits hatte dieser sich komplett von ihnen abgewandt. Aber auch mit dem Rest der Familie wollte Hardy nichts mehr zu tun haben. Seinem Bruder Malte gratulierte er noch ein Mal im Jahr zum Geburtstag. Viel mehr Kontakt fand auch zu ihm nicht mehr statt. Aber zumindest war Utas jüngster Sohn darüber informiert, dass Hardys Frau ein Kind zur Welt bringen würde. Und über diesen Kanal erfuhr somit auch Uta davon.

Nie hatten Uta und ihr Mann einen Hehl daraus gemacht, dass sie Hardys Frau Tabea nicht sonderlich mochten. Immer wieder hatte es wegen ihr zu Diskussionen geführt. Tabea war eine dieser Frauen, die es mit viel Kalkül und Geschick verstand, andere Menschen gegeneinander auszuspielen. Um selbst möglichst glänzend dazustehen, versuchte sie immer wieder, andere Familienmitglieder schlecht zu machen. Gleichzeitig war klar ersichtlich, dass sie zu Hause die berühmten Hosen an hatte und Hardy nach ihrer Pfeife tanzen ließ. Uta und Winfried, aber auch ihr jüngerer Sohn Malte und andere Familienmitglieder, sahen in Hardys Frau Tabea somit eine intrigante, egoistische, selbstsüchtige falsche Schlange. Und auch Außenstehende bekamen oft den gleichen Eindruck, wenn sie Tabea, die oberflächlich betrachtet zunächst meist freundlich erschien, näher kennen lernten.

"Familie kann man sich nicht aussuchen", sagte sich das ältere Rentner-Ehepaar immer wieder und versuchte, so gut es eben ging mit der ungeliebten Schwiegertochter auszukommen. Doch vor knapp fünf Jahren, an einem dieser Familienwochenenden, an denen Hardy und Tabea zu Besuch waren, war das brodelnde Pulverfass dann eben doch einmal explodiert. Wegen einer Banalität kam zu einem Streit, in dessen Verlauf Tabea ihre Schwiegereltern auf das Übelste beschimpfte.

"Ich lasse mich doch in meinem eigenen Haus nicht so von meiner Schwiegertochter anschreien! Was glaubst du eigentlich, wen du vor dir hast?!", hatte Uta folgerichtig gekontert.

„Du hast ja wohl den Arsch offen", hatte Winfried dann geschrieen, nachdem Tabea weiterhin lauthals ihre Schwiegereltern anbrüllte.

Dieser Satz war es, der zu einem völligen Bruch zwischen Eltern und Sohn führte. Tabea fühlte sich von ihrem Schwiegervater maßlos beleidigt und Hardy stand dabei voll auf ihrer Seite. Sicherlich ist es gut, wenn ein Mann zu seiner Frau steht. Und sicher sollte sich ein Erwachsener nicht mehr in alles von seinen Eltern reinreden lassen. Aber Hardy schien in diesem Fall immer nur eine Seite der Geschichte hören zu wollen. Er verlangte von seinen Eltern, dass diese sich bei seiner Frau entschuldigen sollten. Die Gegenargumente, dass seine Frau damit begonnen hatte, seine Eltern zu beleidigen, schien er dabei nicht wahrhaben zu wollen. Mehrere Male ging Uta in den nächsten Monaten auf ihren Sohn zu. Sie schrieb ihm einen Brief, versuchte, ein klärendes Gespräch am Telefon zu führen und versuchte gar, ihre Schwester vermitteln zu lassen. Hardy aber lehnte jeglichen Kontakt ab, wenn Uta und Winfried nicht eine deutliche Entschuldigung gegenüber Tabea aussprechen würden. Dazu waren die Rentner jedoch nur bereit, wenn auch Tabea sich zu entschuldigen bereit wäre. Die Fronten waren aber zu verhärtet.

Uta litt unsagbar unter diesem Zustand. Liebte sie ihre Kinder doch sehr. Oft dachte sie daran, dass sie bei Hardys Geburt fast gestorben wäre. Oft dachte sie daran, welche Anstrengungen und Ängste sie für ihren Sohn durchstehen musste, als dieser in frühester Kindheit lebensbedrohlich erkrankt war. Oft dachte sie an die Abertausenden Stunden, in denen sie ihre eigenen Wünsche zurücksteckte, damit ihr Sohn glücklich sein konnte und zu dem Mann heranwachsen konnte, der er heute war. All die Entbehrungen, all die Ängste, all die Sorgen, all die Arbeit. Aber auch an all die glücklichen Stunden dachte sie, die sie durch ihren geliebten Sohn erleben durfte – und er durch sie. Sie hatte ihm das Leben geschenkt und hätte, ohne eine Sekunde darüber nachdenken zu müssen, ihr eigenes Leben sofort für das seine gegeben. Und nun wollte er keinen Kontakt mehr zu ihr. Und das alles nur, weil er eine herrschsüchtige Frau geheiratet hatte, deren Egoismus, wie es schien, am liebsten keine anderen Menschen in Hardys Leben zulassen wollte.

Uta hätte die Stunden nicht zählen können, in denen sie wienend im Bett lag. Es fühlte sich an, als hätten ihre Tränen ganze Staudämme zum Bersten bringen können. Unzählige Male hatte sie versucht, ihren eigenen Stolz zu vergessen, um ihrem Sohn die Hand zur Versöhnung zu reichen. „Lasst uns doch einfach Gras über die Sache wachsen", hatte sie ihm geschrieben, als sie ihn zu Weihnachten einlud. Aber Hardy kam nicht. Selbst die Einladung zum siebzigsten Geburtstag seines Vaters lehnte er schriftlich mit der Begründung ab, dass er sich mit seinem Vater nicht mehr an einen Tisch setzen könne.

Es dauerte mehrere Jahre, bis Uta das Gefühl hatte, den Trennungsschmerz verkraften zu können. Schmerzlich hatte sie in diesen Jahren gelernt, dass Kinder sehr oft wie Räuber sind, die jederzeit bereit sind zu nehmen, aber von denen die Eltern keine Dankbarkeit erwarten dürfen. Zu oft sehen Kinder das, was ihre Eltern aus Liebe für sie tun, als selbstverständlich an. Häufig ändert sich diese Einstellung der Kinder später, wenn sie selbst erwachsen sind, eigene Kinder und eine gewisse Reife haben. Bei Hardy aber schien dies nicht der Fall zu sein. Im Gegenteil. Ganz bewusst distanzierte er sich immer mehr auch zum Rest seiner Familie. Auch zu seinem jüngeren Bruder Malte, der ein halbes Leben lang nicht nur sein Bruder, sondern gleichzeitig sein bester Freund war, hatte er den Kontakt mittlerweile fast vollständig heruntergefahren. Für Hardy waren nur noch die Menschen wichtig, die er im Dunstkreis seine Frau kennen gelernt hatte.

Hardy hielt sein Verhalten für konsequent und richtig. Vielleicht war ihm gar nicht bewusst, wie sehr er anderen Menschen, insbesondere seinen Eltern und seinem Bruder, weh tat. Aber offensichtlich war es ihm auch ganz egal. Denn auch sein Bruder hatte ihm eine Art Liebesbrief geschrieben, in dem er förmlich darum bettelte, zu versuchen, die alte brüderliche Freundschaft wieder herzustellen. Hardys Herz schien aber mittlerweile so weit verschlossen, dass er all diese Hilfeschreie nicht mehr als solche wahrnahm, sondern immer nur Angriffe darin sah, die er mit zynischen Gegenangriffen abzuwehren versuchte.

Immerhin hatte Hardy sich dazu durchgerungen, seinem Bruder mitzuteilen, dass seine Frau ein Kind erwartete. Und da Malte sich immer mal wieder nach dem neuesten Stand zu erkundigen versuchte, hatte er sogar in Erfahrung bringen können, wann etwa der Geburtstermin sein würde. Und da der errechnete Termin bereits einige Tage überfällig war, saß Uta, die von Malte informiert worden war, nun aufgeregt auf ihrem Fernsehsessel und wünschte sich nichts sehnlicher, als dass Hardy sie wenigstens nach der Geburt seines Kindes anrufen und informieren würde.

Dann endlich. Das Telefon schrillte. Es war gegen zweiundzwanzig Uhr zehn, als Uta hektisch auf das Symbol mit dem kleinen grünen Hörer drückte.

„Ja?", sagte sie aufgeregt.

Zu ihrer Enttäuschung war es aber nicht Hardy, der sich auf der anderen Seite der Leitung meldete, sondern ihr jüngerer Sohn Malte.

"Herzlichen Glückwunsch, du bist Oma", berichtete er.

„Hardy hat mich eben aus der Klinik angerufen. Sie haben eine Tochter bekommen. Sie heißt Elina und ist gesund. Ihr Mutter auch."

"Oh, das ist ja schön", freute sich Uta ehrlich.

Das Gespräch dauerte noch ein paar Minuten, wobei Uta sehr darauf bedacht war, ihre Tränen zu unterdrücken. Sie wusste gar nicht so recht, ob sie nun mehr aus Rührung und Freude darüber weinen musste, dass ihr Sohn eine gesunde Tochter bekommen hatte, oder aus Traurigkeit, weil Hardy sie nicht selbst angerufen hatte. Es war wohl ein Mischung aus beidem.

Obgleich Uta und Winfried für gewöhnlich früh zu Bett gingen, blieben sie an diesem Abend bis weit nach Mitternacht auf. Entgegen ihrer Gepflogenheiten nahm die frisch gebackene Großmutter dann zum ersten Mal in ihrem Leben das mobile Telefon mit ans Bett. Jedoch konnte sie in dieser Nacht keine Minute schlafen. Immer wieder blickte sie mit völlig verweinten Augen zum Telefon und hoffte so sehr, dass es doch endlich noch mal klingeln möge. Es konnte doch nicht sein, dass ihr eigener Sohn sie nicht einmal dann anrufen würde, wenn er Vater geworden war. Diesen unsagbaren Schmerz, diese unbändige

Traurigkeit, die Uta in dieser Nacht erleiden musste, kann sicher nur eine liebende Mutter nachempfinden. Zwar wusste sie, dass sie Großmutter geworden war, aber der Vater des Kindes wollte ihr dies nicht offiziell mitteilen. Das war zu viel für Uta. Dieser Gedanke und dieser Schmerz waren kaum zu verkraften.

Es vergingen Stunden. Es vergingen Tage. Es vergingen Wochen, Monate und sogar Jahre. Jahre, in denen Uta und Winfried niemals offiziell von ihrem ältesten Sohn erfuhren, dass sie Großeltern waren. Wir zerrüttet musste ein Eltern-Sohn-Verhältnis sein, dass so etwas möglich war? Wie gefühlskalt musste ihr Sohn geworden sein? Wie viel Sturheit und falscher Stolz musste inzwischen in ihm stecken, dass er ihnen ganz bewusst diesen Schmerz antun konnte? Ein Schmerz, den er nun, da er selbst inzwischen Vater war, doch eigentlich hätte nachempfinden können müssen.

Uta und Winfried gingen in den folgenden Jahren sehr unterschiedlich mit diesem Schmerz um. Winfried, der schon immer dazu geneigt hatte, alles Emotionale beiseite zu schieben, versuchte, dieses Thema möglichst zu verdrängen. Uta brauchte Jahre, bis sie einigermaßen mit der familiären Situation klar kam. Oft dachte sie, dass es leichter sein müsse, ein Kind durch einen Schicksalsschlag zu verlieren, als auf diese Weise. Wäre ihr Sohn zum Beispiel durch eine Krankheit gestorben, hätte sie nur das Schicksal dafür verantwortlich machen können. Da ihr Sohn sich aber bewusst von ihr abgewandt hatte, war dieser Verlust durch Dinge herbeigeführt worden, die man irgendwie auch wieder hätte ändern können. Natürlich wurde ihr im Laufe der Zeit klar, dass auch sie nicht immer alles richtig gemacht hatte. Sicher hatte ihr Sohn auch ein paar gute Gründe, sich von seinen Eltern zu distanzieren. Sicher hätten sie sich nicht so oft besserwisserisch in seine Ehe einmischen sollen. Aber letztendlich hatten sie doch alles immer nur gut gemeint. Letztendlich wollte sie doch immer nur sein Bestes und hätte doch noch immer ihr Leben für das seine gegeben. Er war doch ihr Kind.

Und für jede gute Mutter sind ihre Kinder das Wichtigste im Leben. Aber nicht einmal jetzt, da er selbst Vater war, war er bereit, das Eis zu brechen. Verständlich, dass es Jahre dauerte, bis Uta sich einigermaßen an diese Situation gewöhnt hatte. Vermutlich gelang ihr dies nur, weil sie selbst irgendwann so etwas wie Wut auf ihren Sohn verspürte.

Die Jahre gingen nicht spurlos an dem Rentnerpaar vorbei. Nach außen wirkten sie stark und fit, aber neben den körperlichen Schwächen, die nach und nach mehr wurden, hatte sie der familiäre Kampf auch innerlich geschwächt und müde gemacht. Ganz besonders zur Weihnachtszeit litt Uta auch Jahre nach dem Bruch mit ihrem Sohn oft noch sehr darunter. Und gerade in dieser besinnlichen Zeit wurde sie ganz besonders sentimental.

"Guten Tag, ich bin ein Engel", sagte eine leise Kinderstimme eines Nachmittags in der Einkaufsstraße.

Uta und Winfried blickten zur Seite und sahen dort ein süßes kleines Mädchen, das ein weißes Engelskostüm mit Flügeln und Heiligenschein trug. In der Hand hielt es einen kleinen Jutebeutel.

„Oh, ein echter Engel", sagte Uta freudig zu dem Kind. „Das ist aber schön."

"Ja, ich bin ein echter Engel", flüsterte das Mädchen strahlend. „Ich sammle Süßigkeiten für die Kinder. Hast du welche?"

"Clever", murmelte Winfried vor sich hin, während seine Frau freundlich lächelnd antwortete: „Nein, leider habe ich keine Süßigkeiten. Aber vielleicht kann ich dir einen Euro geben, dann kannst du Süßigkeiten kaufen."

Das etwa sechsjährige Mädchen willigte freudig ein.

Die ältere Dame kramte eine glänzende Euro-Münze aus ihrem Portemonnaie und warf sie in den Beutel, den das Kind mit einem fröhlichen Lächeln offen hielt.

„Vielen Dank", bedankte sich das Mädchen artig.

Uta freute sich über die strahlenden Augen des Kindes und darüber, dass sie jemandem eine Freude gemacht hatte, der dies offensichtlich zu schätzen wusste.

"Die kleine hatte das gleiche Lachen, wie Hardy früher", sagte sie dann zu ihrem Mann, während sie weitergingen.

Winfried drehte sich zu dem Mädchen um und sagte: „vielleicht ist sie ja unsere Enkelin."

Uta, die diesen Gedanken zuvor nicht wirklich hatte, blieb plötzlich stehen, als ihr bewusst wurde, dass dies ja tatsächlich möglich sein konnte.

"Das könnte ja sogar sein", bestätigte sie erschrocken. „Komm, wir fragen sie mal, wie sie heißt."

"Ach, lass doch", wiegelte Winfried ab.

Doch Uta hatte sich bereits herumgedreht und war zurück auf dem Weg zu dem Kind.

"Sag mal, lieber Engel", sprach sie das Mädchen nochmals an, „wie heißt du denn eigentlich?"

"Ich heiße Elina", sagte das Kind lächelnd.

Uta wurde es gleichzeitig heiß und kalt. Ihr schossen sofort Tränen in die Augen, denn nun war sie fast sicher, dass es sich bei dem Mädchen um ihre Enkelin handelte. Sie trug den gleichen Namen, sie war ihrem Sohn Hardy wie aus dem Gesicht geschnitten und auch vom Alter her konnte dies gut möglich sein. Uta wusste nicht so recht, was sie nun sagen sollte, wollte aber doch zu gerne herausfinden, ob es sich bei dem Kind tatsächlich um ihre Enkelin handelte. Winfried ging es genauso.

Und da Ute noch mit ihren Tränen kämpfte, fragte er: „Sag mal, dein Papa heißt nicht zufällig Erhard?"

"Doch. Aber alle nennen ihn Hardy. Kennt ihr ihn?", wollte das Mädchen interessiert wissen.

Die beiden älteren Herrschaften sahen sich mit großen Augen an.

"Ja, wir kennen ihn wohl", sagte Winfried.

"Und Deine Mama heißt Tabea?", fragte Uta, um wirklich sicher zu gehen, dass es sich bei dem Kind um ihre Enkelin handelte.

"Ja. Wie heißt ihr?", antwortete die kleine Elina.

"Wir sind die Mama und der Papa von deinem Papa", sagte Uta.

Daraufhin schaute Elina das Rentnerpaar ganz entsetzt an. Das süße Lächeln glitt dem Kind plötzlich aus dem Gesicht.

"Ihr seid Oma und Opa?", fragte sie mit vorwurfsvollem Tonfall.

"Ja, das sind wir wohl", antwortete Winfried.

Eine ganze Weile sagte das Kind nichts. Aufgeregt tippelte es mit den Füßen und schaute in alle Richtungen.

"Aber, aber, ich dachte, ihr seid böse", sagte das Mädchen dann.

"Böse? Warum sollen wir böse sein?", fragte Uta, die schon wieder versuchte, gegen ihre Tränen anzukämpfen.

„Papa sagt immer, dass ihr böse seid und nichts mit uns zu tun haben wollt", stammelte Elina kindlich, während sich ihr Blick verstohlen gen Boden senkte.

Wieder schaute sich das ältere Ehepaar mit großen Augen an, bevor Winfried sagte: „Nein, Elina. Das ist so nicht. Wir hätten sehr gerne mit Euch zu tun. Wir würden dich auch sehr gerne besuchen und mit dir spielen. Aber Deine Mama und Dein Papa hatten mal einen großen Streit mit uns und seither wollten sie nicht mehr, dass wir euch besuchen kommen."

Das Kind schien nun völlig überfordert zu sein. Wie konnte sie einem wildfremden alten Paar glauben und davon ausgehen, dass ihr Papa sie stets belogen hatte? Andererseits machten die beiden alten Leute auf sie nicht den Eindruck, wirklich böse zu sein. Elina wusste nun gar nicht, was sie denken, geschweige den tun oder sagen sollte. Aber auch die beiden Erwachsenen schienen mit der Situation überfordert zu sein. Schließlich griff Winfried in seinen Geldbeutel und holte daraus eine Visitenkarte hervor.

"Pass mal auf", sagte er, während er Elina die Karte entgegen hielt, „hier drauf steht mein Name und meine Adresse und die Telefonnummer. Wenn Du möchtest, kannst du dem Papa davon erzählen, dass du uns getroffen hast. Und falls du möchtest, dass wir dich mal besuchen oder wenn du uns besuchen möchtest, dann sag das dem Papa einfach. Er kann sich dann jederzeit bei uns melden."

„Ok", bestätigte Elina kurz und knapp, schaute dann aber schnell wieder unter sich.

Die Großeltern verabschiedeten sich dann, wobei nun auch Winfried ein paar kleine Tränchen in den Augenwinkeln hatte.

Nur wenig später erzählte Elina zu Hause ihren Eltern von dieser aufregenden Begegnung. Diese waren entsetzt.

"Nun fangen die auch noch unser Kind ab und versuchen, es zu beeinflussen", sagte Elinas Mutter aufgebracht.

Elina aber erzählte davon, dass sie ihre Großeltern total nett fand. Und in den nächsten Tagen nervte sie ihre Eltern immer häufiger damit, dass sie ihrer Großeltern gerne näher kennen lernen würde. Hardy versuchte seiner Tochter jedoch immer wieder klar zu machen, dass seine Eltern böse waren und dass es besser sei, wenn sie weiterhin keinen Kontakt zu ihnen haben würden. Gegen die Argumente seiner sechsjährigen Tochter kam er aber immer weniger an und er spürte, dass es mit der Zeit immer schwieriger werden würde, ihre Tochter von dem Kontakt zu seinen Eltern abzuhalten.

"Zu mir waren sie aber gar nicht böse", sagte Elina, die sich schon immer ein zweites Großelternpaar gewünscht hatte.

„Das kann ja sein", sagte Hardy. „Aber sie waren zu Mama böse."

„Na und?", sagte Elina selbstsicher. „Mama hat mir neulich auch gesagt, dass ich meiner Freundin auch mal was verzeihen muss".

"Das ist was anderes", versuchte Hardy zu erklären. Schließlich gab es eine heftige Diskussion zwischen Vater und

Tochter, die dermaßen ausartete, dass Hardy ein Machtwort sprach und seine Tochter in ihr Zimmer schickte.

Es sollte in den nächsten Tagen nicht die einzige Diskussion dieser Art bleiben, denn Elina drängte ihre Eltern immer wieder darauf, Kontakt zu den Großeltern aufzunehmen. Letztendlich war Elina so wütend darüber, dass sie ihre Oma und ihren Opa nicht näher kennen lernen durfte, dass sie eines Nachmittags unbemerkt zu Hause weglief, um selbstständig ihre Großeltern aufzusuchen. Sie nahm die Visitenkarte ihres Großvaters mit, lief in die Stadt und fragte sich nach der Adresse durch, die auf der Karte stand.

Das überraschte Gesicht der Großeltern kann man sich vorstellen, als Elina plötzlich vor ihrer Türe stand.
"Elina!", rief Uta glücklich. „Das ist ja eine tolle Überraschung!"
Erst, als Uta erfahren hatte, dass Elina zu Hause davon gelaufen war, fand sie die Überraschung nicht mehr so toll. Zwar freute sie sich sehr, dass ihre kleine Enkelin ein solches Bedürfnis danach hatte, Oma und Opa zu sehen, jedoch war ihr auch schnell bewusst, dass ihr Sohn einen unbändigen Ärger machen würde, wenn er erfuhr, dass sein Kind heimlich bei den Großeltern war. Uta traute ihrem Sohn mittlerweile zu, rechtliche Schritte gegen sie einzuleiten. Vielleicht würde er gar behaupten, sie und Winfried haben das Kind entführt oder wollten es ihm entziehen. So beschloss Uta, ihren Sohn anzurufen, um ihm mitzuteilen, dass seine Tochter heimlich zu ihnen gelaufen war. Hardys Reaktion fiel sehr knapp aus: „Wie bitte? Ich komme."
Und schon war das Gespräch ohne jegliche Verabschiedung beendet.

Nur wenige Minuten später klingelte Hardy an der Tür seiner Eltern. Ohne seine Eltern überhaupt richtig anzuschauen, sagte er mit strengem Ton zu Elina: „Elina, komm!"

Dann sagte er zu Uta: „das wird ein Nachspiel haben!"

"Was wird ein Nachspiel haben?", wollte Uta entrüstet wissen? „Dass deine Tochter gerne ihre Großeltern kennen lernen würde?"

"Diesen Floh habt ihr ihr doch ins Ohr gesetzt", entschied Hardy.

"Wir haben ihr lediglich gesagt, dass sie dir sagen soll, falls sie uns sehen möchte."

"Komm jetzt", sagte Hardy nochmals zu seiner Tochter, um nicht weiter mit seiner Mutter diskutieren zu müssen.

"Aber Papa?", sagte Elina dann.
"Was?", fragte dieser mit beleidigtem Ton.

"Freust du dich denn gar nicht, dass du jetzt weißt, wo ich bin? Hast du mich denn gar nicht vermisst?", wollte das Mädchen traurig wissen.

"Doch, natürlich haben wir dich vermisst. Wir haben dich überall gesucht", sagte Hardy, der nun schon deutlich liebevoller klang.

Dann nahm er sein Kind an die Hand und ging mit ihr die Stufen Richtung Straße hinunter. Elina drehte sich zu ihren Großeltern um und rief ihnen ein trauriges „Tschüß" zu, was die beiden älteren Herrschaften mindestens ebenso traurig erwiderten.

„Was hättest du gemacht, wenn die Oma dich nicht angerufen hätte und du nicht gewusst hättest, wo ich bin und wie es mir geht?", fragte Elina ihren Papa, als sie abends im Bett lag.

"Na, wir hätten uns unendliche Sorgen um dich gemacht", erklärte ihr Vater.

"Und wenn ich bei Oma und Opa geblieben wäre und nie wieder nach Hause gekommen wäre?"

"Warum fragst du so was?", wollte Hardy nun wissen. „Die Mama und ich würden durchdrehen, wenn du nicht mehr nach Hause kommen würdest. Wir haben dich doch so wahnsinnig lieb. Du darfst niemals einfach weglaufen."

"Und warum bist du dann deinen Eltern weggelaufen?", wollte Elina wissen.

"Das ist doch was ganz anderes. Ich bin ihnen nicht weggelaufen. Ich war schon groß. Ich war schon erwachsen."

"Achso", sagte Elina leise. „Wenn Kinder schon groß sind, haben ihre Eltern sie nicht mehr lieb."

"Doch, natürlich. Eltern haben ihre Kinder immer lieb", erklärte Hardy.

"Aber warum sind deine Mama und dein Papa dann nicht durchgedreht, als du nicht mehr zu ihnen gekommen bist?", wollte Elina neugierig wissen.

Hardy antwortete nicht.

Nach einiger Zeit sagte Elina: „Weißt du was, Papa? Kinder haben ihre Eltern auch immer lieb. Ich würde auch durchdrehen, wenn du mal nicht mehr da wärst."

„Du bist so lieb", sagte Hardy, während er seine Tochter fest in den Arm nahm.

„Und stimmt`s? Du würdest auch durchdrehen, wenn deine Eltern mal nicht mehr da wären", wollte das Mädchen dann wissen.

Ihr Vater konnte ihr jedoch nicht antworten. Er brach plötzlich in ein lautes Schluchzen aus. Wohl zum ersten Mal in all den Jahren konnte Hardy nachvollziehen, wie schlimm es für seine Eltern sein musste, dass er sich von ihnen abgewandt hatte. Und durch die Worte seiner Tochter wurde ihm klar, dass er trotz all der Sturheit, trotz all des Stolzes, der Verblendetheit und der Wut nie völlig aufgehört hatte, seine Eltern zu lieben.

„Du musst nicht weinen, Papa", versuchte Elina ihren Vater zu trösten. „Denn weißt du, was ich herausgefunden habe? Deine Mama und Dein Papa sind gar nicht böse. Sie haben dich immer noch lieb. Und du hast gesagt, Eltern haben ihre Kinder immer lieb."

Hardy sagte nichts. Er hielt seine Tochter fest in seinen Armen und schlief nach einiger Zeit sogar mit ihr ein.

Einen Tag später, während Elina mit ihren Eltern am Abend-
brotstisch saß, fragte sie: „darf ich mich an Weihnachten wieder
als Engel verkleiden?"

"Klar, wenn du das möchtest", sagte ihre Mutter.

"Gut. Ich möchte nämlich Papas Eltern damit überraschen."

Ihre Mutter schaute entsetzt zu Hardy und war gerade im
Begriff, lauthals verbal herumzupoltern.

"Sag nichts", unterbrach Hardy seine Frau, noch bevor sie etwas sagen konnte. „Ich denke, unser Engel wird wissen, was er
tut. Engel tun doch immer nur gutes, oder?"

"Du wirst dich doch jetzt wohl nicht wieder so klein machen,
und deinen Eltern nachgeben?", wollte Tabea erzürnt von ihrem Gatten wissen.

"Klein machen?", lächelte dieser. „Ich habe gestern Abend
von einem Engel gelernt, dass Nachgeben, Verzeihen und Ver-
söhnen von echter Größe zeugen. Und von echter Liebe."

Der 50. Geburtstag

„Hast du eigentlich vor, deinen Fünfzigsten groß zu feiern?", fragte Lina ihren Partner, während sie mit einer Gabel in ihrem Salat herumstocherte.

"Nee, unsere Eltern werden wie immer zum Kaffee kommen", antwortete Kevin. „Mit wem sollte ich schon groß feiern?"

"Na ja, komm, du hast doch Dutzende Freunde und Bekannte", lenkte Lina ein.

"Super. Was hab ich schon für Freunde, mit denen es sich lohnen würde zu feiern?", klang ihr Lebengefährte leicht gefrustet.

Lina schaute verblüfft. In der Tat hatte Kevin einen riesigen Bekanntenkreis, was an seinen beruflichen, aber auch seinen Vereinsaktivitäten lag. Nicht alle seine Bekannten hätte er als wahrhaftige Freunde bezeichnen können, aber bei den meisten seiner Bekannten war Kevin sehr beliebt. Viele Menschen mochten ihn, da er eine offene und freundliche Art hatte. Allerdings wussten die meisten von ihnen nicht, dass er auch ganz anders sein konnte. Nur wer ihn näher kannte, so wie seine Freundin Lina, wusste, dass Kevin oft ein unzufriedener, nörgelnder Querulant war, dem man es nur schwer recht machen konnte. An fast allem und fast jedem hatte er etwas auszusetzen. Nur zu oft beklagte er sich bei seiner Partnerin über die Blödheit der Menschen. Während er seinen Mitmenschen tagsüber freundlich ins Gesicht lächelte, lästerte er abends hinter ihrem Rücken über sie ab.

Kevin war ein sehr intelligenter und hoch begabter Mensch. Er verfügte über ein gutes Allgemeinwissen und hatte die Gabe, sehr schnell und logisch die komplexesten Sachverhalte zu erfassen. Dies machte ihn im Berufsleben sehr beliebt und erfolgreich. Seine Intelligenz war für den zwischenmenschlichen Teil seines Lebens jedoch oft auch geradezu hinderlich. Denn es war für ihn nicht leicht damit umzugehen, dass sich andere Menschen oft nicht so klug verhielten, wie er. Dinge, die ihm logisch und einfach erschienen, waren für andere Menschen schwieriger. Was ihm leicht fiel, fiel anderen oft schwer. Das führte dazu, dass er sich in vielen normalen Alltagssituationen über die Dummheit seiner Mitmenschen aufregte, weil er nicht nachvollziehen konnte, dass diese Dinge taten, die aus seiner Sicht dämlich waren oder dass sie Fehler begangen, weil sie aus seiner Sicht nicht logisch nachdachten. Vielleicht konnte Kevin gar nichts dafür, dass er so negativ über andere Menschen dachte. Er konnte schließlich eben so wenig für seine ausgeprägte Intelligenz, wie andere für ihre nicht so ausgeprägte.

Mit zunehmendem Alter war Kevin somit anderen Menschen gegenüber immer kritischer eingestellt. Zwar war ihm klar, dass er seinen Bekannten ihre Dummheit nicht vorwerfen konnte, aber wirklich viel Achtung brachte er nur den wenigsten entgegen. Immerhin gab er sich allerdings die Mühe, dieses andere nicht spüren zu lassen. Sein Kritischsein führte jedoch dazu, dass er niemandem gegenüber wirklich vorurteilsfrei war. Genau genommen wimmelte es in seinen Gedanken nur so von Vorurteilen.

Und da Kevin somit auch nur wenige seiner Bekannten als echte Freunde bezeichnen konnte, hielt er den Gedanken seiner Partnerin, eine große Geburtstagsfeier zu veranstalten, eher für abstrus. Lina zählte einige seiner Bekannten auf, um ihn davon zu überzeugen, dass es schön sein könne, mit diesen seinen fünfzigsten Geburtstag zu feiern. Aber zu den meisten Namen, die Lina aufzählte, fiel Kevin etwas negatives ein, als wolle er sagen, dass es die entsprechende Person nicht wert sei, mit ihr zu feiern.

Luca war ihm zu besserwisserisch. „Der meint immer, er habe die Weisheit mit Löffeln gefressen", erklärte er seiner Freundin.

Daniel war ihm zu schüchtern und sensibel. „Bei ihm musst du jedes Wort auf die Goldwaage legen."

Felix war ihm zu primitiv und nervig. „Der rafft nichts von dem, was man ihm sagt, muss aber bei allem mitreden."

Sabrina war ihm zu selbstherrlich. „Die kommt doch eh nicht, wenn sie sich nicht einen Vorteil davon verspricht."

Nele war ihm zu abgedreht. „Die ist auf irgend so einem Eso-terik-Trip. Die labert nur noch von Engeln und so einem Zeug".

Ähnlich reagierte Kevin bei allen anderen Namen, die Lina ihm für eine Geburtstagseinladung vorschlug.

"Also, ich verstehe dich nicht", wurde Lina dann deutlicher. „Das sind doch deine Freunde. An jedem hast du etwas auszu-setzen. Geholfen haben dir aber auch schon alle bei irgendwas. Da waren sie dann doch auch gut genug für dich."

"Na und?", entgegnete der Endvierziger. „Eine Hand wäscht die andere und beide das Gesicht. So ist das nun mal. Aber das sind doch nicht wirkliche Freunde. Die, die mich wirklich mö-gen und echte Freunde sind, sind gerade mal zwei oder drei. Die können auch einfach so abends auf ein Bier vorbei kom-men. Das reicht."

Und so lud Kevin letztendlich neben seiner Familie, die am Sonntag nach seinem Geburtstag zum Kaffeetrinken kommen sollte, lediglich drei enge Freunde ein, damit sie am Tage seines fünfzigsten Jubelfestes ab achtzehn Uhr ein paar Flaschen Bier mit ihm leeren mögen.

Als der große Tag dann gekommen war, riefen schon früh morgens Kevins Eltern bei ihm an, um ihm zu gratulieren. Da-mit waren sie nach seiner Lebensgefährtin, die ihn schon um Mitternacht zu seinen fünfzig Lenzen beglückwünscht hatte, die ersten Gratulanten. Da der erfolgreiche Vertriebsmitarbeiter, der sich selbst als Key-Account-Manager bezeichnete, aus den vergangenen Jahren daran gewöhnt war, dass sein Telefon an seinem Geburtstag kaum still stand, hatte er sich für diesen Tag frei genommen, um die vielen Glückwünsche entgegen nehmen und den Tag ansonsten in Ruhe mit Lina verbringen zu können. Allerdings klingelte das Telefon in diesem Jahr nur selten. Ein paar Kollegen, mit denen er privat nicht viel zu tun hatte, riefen ihn an und einige entfernte Bekannte gratulierten ihm auf der Pinnwand seines Facebook-Profils.

„Da siehst du mal, wie viele gute Freunde ich wirklich habe", sagte er frustriert zu seiner Partnerin, als er bis zum Nachmittag nur sehr wenige Gratulationen erhalten hatte.

"Tja, vielleicht denken sie inzwischen genau so schlecht über dich, wie du über sie", flachste Lina.

Als dann alle drei guten Freunde, die er für abends eingeladen hatte, kurz nacheinander per SMS gratulierten und dabei gleichzeitig für abends absagten, war Kevin maßlos enttäuscht. Erstmals stellte er fest, dass er gar keine Freunde zu haben schien. Er war enttäuscht, traurig, wütend und einsam zugleich. Fast hätte er weinen können.

Tröstend nahm Lina ihn in den Arm.
"Weißt du, mein Schatz", sagte sie, „du hast jedem gegenüber Vorurteile. Du lässt an keinem ein gutes Haar. Völlig opportunistisch bedienst du dich deiner Bekannten nur dann, wenn du sie brauchst. Vielleicht haben sie das inzwischen einfach bemerkt und handeln nun genauso."

„Das stimmt doch gar nicht", jammerte Kevin frustriert. „So schlimm ist es nun auch wieder nicht. Aber dass ich mit dem, was ich oft über sie denke, richtig liege, sieht man doch heute ganz deutlich. Wenn ich ihnen wichtig wäre, würden sie mir gratulieren. Und sie würden kommen, um mit mir anzustoßen."

„Warum sollte jemand zu dir kommen, den du eigentlich gar nicht bei dir haben willst?", fragte Lina mit leicht überheblichem Blick. „Zieh dir mal Schuhe an. Du musst mal mitkommen, ich habe noch eine Überraschung für dich."

Da Lina trotz mehrerer Nachfragen nicht verraten wollte, um

welche Art von Überraschung es sich handelte, zog Kevin schlussendlich seine Schuhe an, ging mit Lina zu ihrem Auto und ließ sich zu der versprochenen Überraschung fahren. Lina hielt nach einigen Minuten in einer kleinen Nebenstraße und ging dann mit Kevin zu einer Gaststätte, die um die Ecke lag. Somit konnte das Geburtstagskind nun bereits ahnen, dass Lina ihn zum Essen einladen wollte. Sie betrat das Lokal zuerst, steuerte jedoch nicht auf einen der freien Tische zu, sondern auf den Festsaal, der an die Gaststube anschloss. Kevin traute seinen Augen und Ohren nicht, als Lina die große Flügeltüre des Saales öffnete. In dem Raum standen weit mehr als fünfzig Personen, die beim Anblick des Paares lautstark jubelten und begannen, ein Geburtstagsständchen anzustimmen.

Kevin war starr vor Rührung. Er schaute seine Lina lächelnd und gleichzeitig fast weinend an, umarmte und küsste sie.

„Warst du das? Hast du etwa eine Überraschungsparty inszeniert?", wollte er von ihr wissen?

"Lass uns später darüber reden", sagte Lina fröhlich. „Jetzt wird erst mal gefeiert."

Die Feier dauerte bis in die Nacht hinein. Nicht nur die drei guten Freunde, sondern auch all die Kumpels und Bekannten waren Kevin zuliebe erschienen. Der besserwisserische Luca trank immer wieder auf Kevins Wohl. Der schüchterne Daniel brachte die anderen immer wieder dazu, für Kevin zu singen. Der primitive Felix hatte sogar einen kostenlosen DJ organisiert. Die selbstherrliche Sabrina hatte zu Kevins Ehren einen wichtigen Termin sausen lassen und die abgedrehte Nele hielt den ganzen Abend mit ihrem Camcorder fest, damit Kevin auch später noch eine tolle Erinnerung daran haben würde.

Lina hatte in den Wochen zuvor alle Bekannten angerufen und diese Überraschungsparty organisiert. Und alle hatten dicht gehalten und mitgemacht. Weil sie alle in Kevin einen lieben Menschen, guten Bekannten oder sogar engen Freund sahen.

Als Kevin nachts neben Lina im Bett lag, küsste er sie inniglich und dankte ihr von ganzem Herzen für diesen tollen Geburtstagsabend.

"Danke nicht nur mir, danke deinen Freunden", sagte Lina. „Sie sind nämlich deine Freunde. Auch, wenn du an allen irgendetwas auszusetzen hast. Ich hoffe, dieser Tag war dir eine Lehre dafür, dass du endlich mal all deine dämlichen Vorurteile ablegst, dich nicht immer für etwas besseres hältst und die Menschen endlich mal so nimmst, wie sie sind."

"Ja, du hast ja Recht", stöhnte Kevin kleinlaut und nachdenklich.

Nach einiger Zeit sagte Kevin leise: „aber sei mal ehrlich. Nele hat schon einen Schatten, wenn sie von ihren Engeln schwafelt."

„Warum hat sie deshalb einen Schatten? Aus Neles Sicht hast du vermutlich einen Knall, wenn du von Verkaufszahlen schwafelst."

"Aber Verkaufszahlen sind ein nicht wegzuleugnender Fakt. Engel nicht."

„Das ist immer eine Frage des Betrachtungswinkels", erklärte Lina.

"Jetzt erzähl mir nicht, dass du auch an diesen Engel-Quatsch glaubst?", wollte Kevin nun entsetzt von seiner Lebensgefährtin wissen.

"Doch, natürlich", betonte Lina selbstsicher. „Einen Engel zeichnet aus, dass er anderen etwas Gutes tut, ohne dabei auf seinen eigenen Vorteil zu achten."

"Oh nein, meine Freundin wird zur Esoterik-Tante", schnaufte Kevin zynisch.

„Engel sind nicht unbedingt etwas esoterisches. Sie sind auch nicht unbedingt etwas biblisches, wenngleich wir sie durch die biblischen Erzählungen kennen. Eigentlich sind Engel etwas ganz menschliches. Jeder von uns kann ein Engel sein, wenn er sich nur wirklich menschlich verhält. Wer seine Mitmenschen so toleriert und akzeptiert, wie sie sind, wer ihnen Respekt und

Nächstenliebe entgegen bringt und sie so behandelt, wie er selbst am liebsten behandelt werden möchte, nur der verhält sich wirklich menschlich."

Kevin hielt eine Weile inne und dachte nach. Er hatte Linas Ausführungen aufmerksam zugehört und hatte durch die Erlebnisse des Tages sehr wohl verstanden, dass er zu selten wirklich tolerant war.

Dennoch kommentierte er dann: "aber nur, weil jemand menschlich ist, also tolerant, respektvoll und gut zu seinen Mitmenschen, ist er noch lange kein Engel."

"Mag sein, dass du, wenn du dich menschlich verhältst, für die meisten Menschen nur ein Mensch bleibst. Aber für den, der die Gabe hat, das wirklich Gute in dir zu erkennen, wirst du ein Engel sein", sagte Lina leise.

Kevin knipste die Nachttischlampe aus, gab seiner Partnerin einen Kuss und flüsterte: "Schlaf gut, mein Engel."

Über den Autor

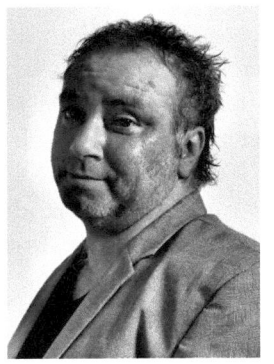

Manfred Hilberger wurde 1971 in Marburg geboren. Schon in frühester Kindheit fiel er durch seine Kreativität und Hang zu Künsten, Philosophie und Musik auf, wobei er sich nach dem Erlernen des Klavier- und Schlagzeugspiels vornehmlich auf die Musik konzentrierte. Schon als Jugendlicher trommelte er u.a. in der Bundes-Bigband.

In den 1990er Jahren feierte er dann als Sänger und Texter der Gruppe „Dr. Stage" zahlreiche Achtungserfolge, wie Kulturpreis-Auszeichnung, TV- und Radioauftritte. Neben seinen Band-Projekten produziert Hilberger bis heute vornehmlich eigene Solo-CDs mit eingängiger Rock-Popmusik und ansprechenden, tiefgründigen deutschsprachigen Texten.

Neben der Musik interessierte Hilberger sich aber stets auch für das Schreiben. So hat er bislangs über 2.000 Liedertexte verfasst. In der bundesweiten Musikszene machte er sich zudem vor allem als Autor mehrerer erfolgreicher Musikfachbücher einen anerkannten Namen.

Im Jahr 2008 veröffentlichte er mit dem Kurzgeschichten-Buch „Flügelschlag der Engel" sein erstes belletristisches Werk, das hervorragende Kritiken erhielt. Zwei Spaß-Bücher (u.a. das außerordentlich erfolgreiche „WC-Gästebuch") sowie der revolutionäre Beziehungsratgeber „Wie tickt mein Herzensmann?" folgten. Zudem verdient der Musiker und Buchautor sein Geld auch als Berater und mit dem Zeichnen von Auftrags-Portraits bei www.Portrait-vom-Foto.com.

Weitere ausführliche Infos über Manfred Hilberger und seine Aktivitäten finden sie im Internet unter: **www.hilberger.de**.

Wir empfehlen Ihnen auch den 1. Band dieses
Buches mit zahlreichen ergreifenden Kurzgeschichten, die zum Nachdenken animieren:

"Flügelschlag der Engel" von Manfred Hilberger

Im Buchhandel oder, auf Wunsch handsigniert und
mit persönlicher Widmung, bei **www.hilberger.de**

Weitere Bücher des Autors
Manfred Hilberger:

Wie tickt mein Herzensmann?
Die Grundregeln für eine
glückliche Beziehung mit ihm

Der etwas andere Beziehungs-
Ratgeber, in dem Manfred
Hilberger ganz neue, aber
Plausible Thesen über die
Männer-Psyche aufstellt.

WC-Gästebuch
Das etwas andere Gästebuch

In dieses Gästebuch schreiben
Ihre Gäste immer dann, wenn
Sie eh zwei Hände frei haben.
Damit ist die Zeit auf der
Toilette nicht ‚verschissen'…
Auch eine tolle Geschenkidee
Zum Einzug!

Alle Infos zu diesen und weiteren Büchern von Manfred
Hilberger finden Sie auf **www.hilberger.de**